Ewald Gerhard Seeliger

Leute vom Lande

Schlesische Geschichten

L.A.M.

Ewald Gerhard Hartmann (Ewger) Seeliger
geboren am 11. Oktober 1877 in Schlesien, zu Rathau, Kreis
Brieg, gestorben 8. Juni 1959 in Cham/Oberpfalz, zählt zu
den erfolgreichsten Schriftstellern des 20. Jahrhunderts.
Zu seinen bekanntesten Werken gehört „Peter Voß der Millionendieb". Seine schlesische Heimat beschreibt er in „Siebzehn
schlesische Schwänke", „Schlesien, ein Buch Balladen",
„Schlesische Historien" und in vielen Romanen.
Seeliger wurde im Dritten Reich wegen Verunglimpfung des
Nationalsozialismus und wegen seiner jüdischen Ehefrau aus
der Reichsschrifttumskammer ausgeschlossen und verlor damit sein Publikum. Nach dem Ende des Zweiten Weltkriegs
scheiterten Seeligers Versuche, seine Werke wiederaufzulegen.
Er geriet so in Vergessenheit.

Leute vom Lande

Schlesische Geschichten

von

Ewald Gerhard Hartmann Seeliger

1901

bearbeitet und herausgegeben von
L. Alexander Metz

© L. Alexander Metz 2024

Herstellung und Verlag:
BoD – Books on Demand, Norderstedt

Herausgeber:

L. Alexander Metz

Hildegardstraße 6

80539 München

ISBN: 978-3-7583-8755-5

Leute vom Lande

Inhaltsverzeichnis

1. Die Bammelhäuser

Die Oder ist eine unruhige Dame. Zweimal im Jahr, zur Schnee-schmelze und im Spätherbst spaziert sie aus ihrem Bett heraus und ergeht sich in den angrenzenden Niederungen auf ein paar Tage nach Herzenslust. Der triefende Saum ihrer Gewänder streicht längs der Deiche hin, ihre nassen Finger streuen reichlich weißen Sand und gelben Schlamm auf die Uferwiesen und Weidenpflanzungen, und ihre sonst so ruhig atmende Brust geht in tiefen, wilden Wellenschlägen. Ja, manchmal bringt sie ein tüchtiges Gewitter oben im Gebirge schon aus dem Häuschen, und die Jahre sind nicht gerade selten, in denen sie dreimal an den Deichen wühlt und spült.

Schwer ist es ihr nirgends gemacht; denn die Ufer sind niedrig und lassen sich mit einem kleinen Sprung erklimmen.

Aber zu ihrer Ehre muss gesagt werden, ihre Besuche dauern nur wenige Tage. Vielleicht weiß sie, dass man ungebetene Gäste nicht gern bei sich sieht, vielleicht auch bieten ihr die flachen, stillen, traurigen Ufer keinerlei Abwechslung, so dass sie schließlich von Langeweile gepackt wird und sich grollend in ihr Bett zurückzieht.

Über die Dämme schauen die roten Ziegeldächer und die spitzen Kirchtürme herüber und schneiden sich schadenfrohe Gesichter. Dann wird sie immer stiller und stummer und kleiner, und es scheint endlich, dass sie sich vor Scham unter die hängenden Uferweiden verkröche.

Gegenüber dem dichten Eichenwald, der bis an das Ufer heran seine Vorposten rückte, lag vor dem Damm ein großes

Gehöft. Ein gewaltiges Wohnhaus, eine breite, wuchtige Scheune und ein paar Stallgebäude. Sie bildeten ein großes Mauerviereck, eine kleine Festung gegen die Wellen des empörten Stromes.

Die „Bammelhäuser" nannte man sie in der Umgegend, und zwar wegen der Familie, die schon seit ein paar hundert Jahren darauf saß.

Weithin glänzten die Giebel über die Niederung, keine Erdwelle, kein Baum verdeckte sie.

Rings um das Gehöft her wogte ein Meer von schlanken, schmiegsamen Weidenruten. Traurig seufzte der Wind, wenn er durch sie hin strich.

Ein einziger, schmaler Fußweg führte vom Deich aus nach dem Gehöft hinüber und mündete in dem zerfallenen Hoftor. Überall wucherte kurzes, struppiges Gras, längs den Hauswänden ein wenig Unkraut, Löwenzahn und Hirtentäschelkraut. Die Dächer zeigten Löcher, die Mauern Spalten und Risse. Kein gackerndes Huhn, kein schnatterndes Gänschen, kein wütend bellender Hund begrüßte den Wanderer, der sich von ungefähr in diese Öde verirrte.

Leer, verlassen lagen die Häuser. Die Türen waren ausgehoben und planlos auf dem weiten Hof umhergestreut. Nur noch das gewaltige Scheunentor war an seinem Platz, aber es klaffte mitten auseinander, und seine Flügel hingen nur noch lose in den oberen Angeln.

Die Rahmen der Fenster waren zerbrochen, und ungehindert strich der Wind durch die verlassenen Wohnräume. Hier und da schlüpfte ein Feldmäuschen oder eine wilde Ratte über die Steinfliesen; ein Möwenschrei oben aus der Luft: sonst war es still.

Aus der Haustüröffnung kam ein alter gebückter Mann hervor, dessen Haupthaar wirr nach allen Seiten hing. Sein Gang war schleppend und sein Auge tot.

Der letzte seines Geschlechts!

Er setzte sich auf die Schwelle der Haustür und stierte vor sich hin. Die Verwüstung um sich her schien er nicht zu bemerken.

Ein kleines Mäuschen kam aus der Tür gelaufen, blieb kurze Zeit am Boden vor dem Alten sitzen und trabte endlich vergnügt in das viereckige Loch an der Hauswand hinein, welches früher als Hundehütte benutzt worden war. Eine eiserne Kette war in die Mauer eingelassen, und ihre letzten rostigen Glieder verloren sich im wuchernden Gras.

Der Alte erhob sich und ging nach dem Loch, beugte sich tief herunter, schaute hinein und rief mit lockender Stimme: „Leo!"

Aber er erhielt keine Antwort, und kopfschüttelnd murmelte er etwas in den Bart hinein.

Er schien es nicht zu wissen, dass er jeden Tag nach derselben Stelle ging und seinem Hund rief, schon lange, lange Jahre.

Aber auch dieser hatte ihn endlich verlassen, und er war allein geblieben, ganz allein.

Er saß schon wieder auf seinem Platz und wärmte sich in den müden Nachmittagsstrahlen der Herbstsonne die fröstelnden Finger.

Wie war das alles gekommen?

Schon mehr als zwanzig Jahre lagen dazwischen.

Damals war der Bammelhof die größte Besitzung in Birken, dem Dorf, welches über den Deich herüberblickte, und die

Bammelbauern waren die reichsten und angesehensten in der Gemeinde.

Das Schulzenamt hatten sie fast immer inne, und das Dorf fuhr gut dabei; denn die Bammelbauern hatten harte Köpfe und setzten durch, was sie einmal wollten.

Damals lag das Gehöft aber noch nicht im Reich der Überschwemmungen, denn der Damm, welcher die Dorfgemarkung schützte, führte in einer scharfen Ecke um die abgelegene Besitzung des Bammelhofes herum und behütete sie mit. Das hatten sie damals durchgesetzt in der Gemeinde.

Aber einst rissen die Frühjahrsfluten die Ecke des Dammes hinweg. Die mächtigen Eisschollen prallten dagegen und pflügten die Erde des Deichs Scholle für Scholle in den Strom.

Ehe man es dachte, brach die Flut herein und überschwemmte das ganze Land.

Die Bammelhäuser wurden von den Wassern zuerst erfasst, und dabei verlor der Baucr Wcib und Kind. Er stand oben auf dem Damm und kommandierte die Dorfleute, die mit Schaufel und Gabel den Damm zu halten suchten.

Ein Schrei, der ihm noch heute in den Ohren lag, gellte über die fressenden Wogen herüber. Der Bauer griff sich ans Herz und brach zusammen.

Der Schaden, den das Wasser auf den Feldern angerichtet hatte, war sehr groß. Die Wintersaaten waren verdorben, die Äcker versandet und an den tiefer liegenden Stellen blieb das Wasser eigensinnig stehen und ließ sich von der Sonne auflecken.

Der Bammelbauer erbot sich, den Damm auf eigene Kosten wieder herstellen zu lassen und vor die gefährdete Stelle einen

Streichdamm zu setzen; aber dabei stieß er zum ersten Mal auf Widerstand.

Was jetzt geschehen war, konnte in zwanzig Jahre wieder eintreten, und dann wäre der Schaden wieder da, so meinten einige.

Der Damm muss verlegt werden!

Darüber schienen alle die anderen einig zu sein.

Aber wohin?

Ganz dicht beim Bammelhof vorbei, dann ist die Ecke nicht mehr da, und das Wasser hat keinen Punkt, wo es anpacken kann. Der Bammelbauer verliert zwar etwas Ackerland, aber er kann die Strecke mit Weiden bepflanzen, das bringt eine ganze Menge Pacht ohne Arbeit.

Der Bammelbauer erhob Protest.

Da meinte der Tischlermeister, der dem stolzen Bauern nicht gut gesinnt war, weil er sich nicht tyrannisieren lassen wollte, wie er sagte. Er war weit in der Welt herum gewesen und wusste Bescheid, wie es anderswo zuging. Der Deich müsste in gerader Linie fortgeführt werden, dann brauchte er nur den Wasserdruck, aber nicht den Stromdruck auszuhalten.

Das leuchtete allen ein und sie nickten eifrig Beifall.

Der Bammelbauer wurde wild; denn er wäre durch diesen Damm einfach ausgeschlossen worden.

Aber der Tischler machte den anderen klar, dass der Vorteil des ganzen Dorfes vorginge und dass man sich nicht um den Einzelnen kümmern dürfte.

Er könnte ja den alten Deich für sich selbst ausbessern, hatte man ihm geraten.

Ein paar bebrillte Herren von der Regierung kamen und nahmen die Stelle in Augenschein, hießen den Beschluss gut und schätzen den Schaden ab.

Noch im selben Jahr setzte man den neuen Deich. Da es an Erdboden mangelte, trug man den alten Deich ab.

Um die Besitzung des Bammelbauern herum begann ein geschäftiges Karren und Fahren und Spatenstechen. Und jeder Stich, der in den alten Deich getan wurde, riss ein Stück des Innern des Bauern mit fort.

Bereits im Herbst kam dann die erste Überschwemmung. Sie fand die Räume des Bammelhofes leer, die Felder mit Weidenstecklingen bepflanzt und in dem Bauern einen frühzeitig gebrochenen Mann.

Er hatte keine Arbeit, keine Familie, keine Freunde mehr. Das einzige Wesen, welches er bis heute noch liebte, sein Hund, war vor ein paar Jahren in den Wellen umgekommen. Und seitdem rief er ihn jeden Tag vergeblich.

Der Alte stand langsam auf und stieg die Treppe zum Boden empor. Hier hauste er, von den Menschen verlassen.

Nur einmal in der Woche, am Sonnabend, bekam er Besuch. Ein altes Mütterchen, eine entfernte Verwandte, brachte ihm, was er brauchte. Und er brauchte sehr, sehr wenig.

Er war nicht arm, das Land draußen arbeitete für ihn, ohne dass er seinen Finger zu krümmen brauchte, und den ersten Tag in jedem Vierteljahr kam der Briefträger über den Damm herüber und brachte ihm die Pacht. Im Frühjahr erschienen dann die Arbeiter, hieben die Weidenruten ab, banden sie zusammen, und dann blieb es den Sommer über ganz still, höchstens verlor sich einmal der Klang einer Sense oder der Knall einer Büchse in die Einöde.

Das alles ging an dem Alten spurlos vorüber, er sah und hörte nichts mehr.

Und doch schaute er von früh bis spät aus dem Giebelfenster auf sein Land hinaus, und doch wanderten seine Blicke wohl hundertmal an einem Tag von dem Damm bis hinüber zum Strom, vom Dorf bis hinüber zum Wald.

Bewimpelte Kähne und Schleppdampfer mit flatternden Rauchfahnen zogen fast lautlos den Strom ab und auf.

Nur hin und wieder hörte er das dumpfe Zornbrüllen der Dampfsirenen hinter der Waldbiegung herüberdröhnen.

Der Wald färbte sich und die Herbstflut kam. Der Bauer blieb in seinem Haus. Er wurde zur Zeit der Überschwemmung immer unruhiger, unsteter. Zuletzt lief er mit kurzen, hastigen Tritten in dem öden Bodenraum umher, riss die Fenster auf, steckte seinen Kopf weit hinaus und sog die nasse Luft, die von den flutenden Wellen emporstieg, mit Behagen ein.

Er schaute scharf nach rechts, scharf nach links, prüfte die Höhe des Wasserstands an der Ecke der Scheune, die ihm schon immer als Pegel gedient hatte, warf das Fenster klirrend in den Rahmen und lief wieder hin und her, wie von einer geheimen Unruhe gepackt. Den Höhepunkt erreichte seine Erregung, wenn er bemerkte, dass das Wasser anfing zu sinken. Dann stürmte er den Lehmboden der Hausdecke auf und ab, focht mit den Armen in der Luft herum und bewegte seine Kiefer, als gälte es etwas Hartes zu zermalmen. Zuletzt griff er nach einem großen, spitzen Spaten, der einsam in der Ecke lehnte, und wollte die Treppe hinab. Hier wurde er jedes Mal von den Wassern aufgehalten. Er starrte wortlos auf die schmutzigen Fluten, die leise an die hölzernen Treppenstufen plätscherten und platschten, und stieg müde und gebeugt die Treppe wieder hinan.

Vorsichtig stellte er den Spaten in die Ecke, schwankte nach seinem Bett und sank hüstelnd, fiebernd hinein.

Nach ein paar Tagen hatte sich das Wasser verlaufen; der Anfall war vorüber, und der Bauer unternahm wieder seinen gewöhnlichen Nachmittagsspaziergang nach dem Mauerloch.

Der Winter brachte großen Frost und sargte die unruhige Oder auf ein paar Wochen ein, dass sie sich weder rühren noch regen konnte.

Durch den Eichwald erbrauste das Gebrüll des Nordwindes. Fußhoher, meterhoher Schnee lag überall; an den Mauern des einsamen Gehöftes türmte er sich empor. Die verlassenen Räume hatte er mit glänzenden, weißstrahlenden Fresken prächtig ausgemalt.

Der Bauer verbrachte die Zeit des Winters fast nur im Bett, denn eine Vorrichtung, den großen Bodenraum zu heizen, war nicht vorhanden, hätte auch gewisslich wenig genützt.

Der Alte lag dann ruhig in den dicken, mit blauer Leinwand überzogenen Federbetten und starrte unablässig nach dem First seines Dachs empor.

Sobald er aber den ersten warmen Wind verspürte, der kräftig genug war, den Schneemassen den Krieg zu erklären, erhob er sich von seinem Lager und wartete auf die Flut.

Und sie kam auch dieses Jahr wie die vorhergehenden Jahre. Die erste Welle brach die Eisdecke mit einem wilden Knall nach oben, dass sie bald in tausend und aber tausend Schollen stromab trieb.

Der Fluss stieg zusehends, und viel früher, als es der Bammelbauer erwartet hätte, war er von den wühlenden Wellen eingeschlossen.

14

Die Deichwachen zogen auf ihre Posten. In der Entfernung von etwa hundert Metern standen immer zwei Männer, einer mit der Schaufel, der andere mit der Gabel bewaffnet.

Die Flut wuchs und wuchs. Dazu trieb ein scharfer Nordwestwind den Fluss empor und wühlte in den Wellen und Eisschollen herum, dass es sprühte und zischte.

Am nächsten Morgen stieg das Wasser noch immer. Nur noch einen halben Meter höher, und es würde über die Dämme hinweg fegen!

Der Strom stand auf einmal still, die Eisschollen, die bis dahin in geradem Schuss daherkamen, verloren jetzt die Richtung und die Kraft des Wurfes und steuerten planlos hin und her, herüber und hinüber.

Manche führten auch wohl einen stillen Tanz in einem kleinen Strudelloch. Die großen Eisflächen lagen still wie verankert.

Und dabei stieg die Flut von Minute zu Minute.

Der Bammelbauer sah heute viel länger zum Fenster hinaus als früher. Er rechnete aus: Noch eine halbe Stunde, und die Wasser erreichen den Kamm des Deiches.

Ihm konnte das Wasser nichts tun; er war ja in den langen Jahren sein guter Freund geworden. Er hatte ihm ja auch die ganze Besitzung zur Benutzung überlassen.

Auf dem Damm entstand ein Rennen und ein Treiben. Peitschengeknall und Rädergerassel, Pferdegetrappel und Kutscherflüche wurden laut und tönten über die stumme Eisfläche herüber.

Das Eis hatte sich ein paar hundert Meter abwärts zusammengestaut, es war zwischen den beiden Ufern wie in einem Sack hängen geblieben und konnte nicht weiter.

Und dabei stieg die Flut immer höher und höher.

Tausend Hände regten sich auf dem Deich. Sandsäcke, Erdboden, Ackerschollen, Strohdünger und Feldsteine schleppten sie auf den Damm herauf, um denselben damit zu erhöhen.

Der Bauer starrte hinüber, wortlos, bewegungslos, ohne mit der Wimper zu zucken.

Ob sie ihn wohl halten würden?

Und immer höher stieg es, langsam, aber stetig.

Schon waren die Fluten an einzelnen Stellen über den Damm gestiegen, und nur die eiligst aufgeworfenen Schanzen vermochten sie noch zurückzuhalten, für wenige Minuten.

Auch im Bammelhof sah man das Steigen des Wassers. Ein paar Stalldächer hatte die Flut schon abgetragen. Mit Gekrach hatten sich die Flügel des riesigen Scheunentors aus den Angeln gerissen.

Die ersten Wellen leckten schon die oberste Treppenstufe und fraßen aus dem Lehm der Diele. Der Bauer bemerkte es nicht.

Wie gebannt blickte er nach dem Deich hinüber.

Man winkte ihm, - brachte ein Boot herbei und stieß ab. Der Raum zwischen Deich und Gehöft war fast frei von Eis; nur kleine zerbröckelte Schollen schwammen dort umher.

Knirschend fraß sich das Boot, von acht kräftigen Fäusten getrieben, einen langen, offenen Gang in das weiße, schneeige Eis.

Der Bauer ließ sie ruhig heran kommen und verharrte in seiner vorigen Stellung.

Unterhalb des Fensters legte das Boot an.

Einer im Boot winkte ihm.

16

Als Antwort schloss der Bauer polternd das Fenster und ging zornig nach hinten.

Ein anderer klopfte noch einmal mit dem Bootshaken an das Fensterkreuz.

Aber es blieb still.

Da zogen sie wieder ab, unverrichteter Sache.

Sie hatten getan, was sie konnten, damit trösteten sie sich.

Mit dem alten Starrkopf war nichts anzufangen.

Schon begannen die Schollen von der Stelle zu rucken. Die im Boot sputeten sich hinüberzukommen.

Langsam, ganz langsam setzte sich das Eis in Bewegung; irgendwo musste sich ein kleines Loch aufgetan haben.

Und ganz leise, langsam sank die Flut.

Die auf dem Damm atmeten auf; sie hatten gesiegt. Viele gingen zum Dorf zurück.

Der Bammelbauer sah das Fallen des Wasserspiegels mit Ingrimm. Wie rasend riss er den Spaten aus der Ecke und wollte hinaus, hinüber.

Seinem Freund, dem Hochwasser, wollte er zu Hilfe kommen. Aber schon bei der Treppe hielt er inne.

Und plötzlich fiel das Wasser mit solch unheimlicher Geschwindigkeit, als hätte es ein Abgrund in den Bauch der Erde hinabgeschluckt.

Die Eisstauung hatte sich durch den Druck des Wassers gelöst, und mit zügelloser Wucht stürzten die Wellen des Stroms zu Tal. Pfeifend strichen die Schollen daher. Hastiger und wilder wurde ihre Wut.

Da fuhr eine gewaltige, dunkle Eisscholle, so groß wie eine Ackerfläche, mit Rauschen und Knistern daher, gerade auf die Bammelhäuser zu. Sie überholte alle die anderen, kleineren, welche mit ihr schwammen. Wie ein scharfes Riesenmesser schnitt sie mitten durch das Gehöft hindurch.

Mit ein paar Mauerstücken und einigen Dachresten beladen drehte sie sich auf der Stelle, an welcher die Bammelhäuser gestanden hatten, langsam um sich selbst und schoss pfeilschnell hinab.

Neue Schollen rollten über das Grab dahin, das Grab des letzten Bammelbauern.

2. Gebrochen, nicht gebogen

Der Frühlingswind war schon lange unterwegs und kämmte den schlanken Birkenstämmchen der Landstraße die wehenden Haare. Jeden Tag wurden sie schwerer und schwerer von knospenden Geheimnissen.

Und eines Sonntags, ganz in der Frühe, als die Sonne über dem goldnen Waldrand emporstieg und die erste Lerche ihre Lust in den funkelnden Himmel hineinjauchzte, da hatte sich jede Birke über Nacht eine nagelneue, grüne Haube aufgesetzt, die von tausend und abertausend Spitzchen und Kräuschen flirrte und schwirrte. Der Frühlingswind fasste sie seitdem nur noch ganz sacht am Kinn, oder strich ihnen höchstens über die leuchtenden Wangen, so große Ehrfurcht hatte er plötzlich vor ihnen bekommen.

Die Tannen und Kiefern standen mürrisch und steif und sahen voll Ärger diesem losen Treiben zu. Ja, einige murmelten unwirsch: „Geht's schon wieder los?"

Etlichen alten, tantenhaften Fichten, die zufällig mit darunter standen, war der leichtfertige windige Geselle ein wahrer Gräuel.

Aber es half ihnen nichts.

Er ließ nicht locker und zauste sie so gewaltig an ihren bestäubten Perücken, dass ihre Nadeln durcheinander brodelten und quirlten. Und endlich mussten auch sie den losen Buben „Guten Tag!" wünschen.

Im Dorf drüben klopfte der Wind an die Fenster. Und erst als die Sonne höher kam, da zeigte es sich deutlich, dass das Dorf schon viel früher als die Bäume den Frühlingswind erwartet hatte; denn es blitzte ihm aus all seinen blanken Augen ein frohes „Willkommen!" entgegen. Auf der Straße sprangen die Kinder auf und ab und im Kreis herum und zerstampften singend und schreiend die letzten Wintergleise auf dem weichen Boden.

Am meisten verwunderte sich aber die Sonne, als sie das alte, viereckige Schloss erblickte. Das hatte sich seit langen Jahren wieder einmal die Augen ausgewischt und schaute nicht mehr so traurig und grämlich drein wie vorher.

Als der Wind erst durch den Park spazierte, da blieb er an allen Ecken und Enden vor Staunen und Verwunderung stehen.

Wie hatte sich das alles verändert!

Die Wege waren mit weißem Sand bestreut, die Büsche und Bäume rund und zierlich geschnitten, sie sahen ordentlich vornehm aus, und der Wind hütete sich wohl, ihnen in die Haare zu kommen, und ganz dicht vor dem Schloss standen ein paar nackte, weiße Frauen. Die waren so schön, dass der Wind geschwind einem den Hut vom Kopf riss und klopfenden Herzens, offenen Mundes stehen blieb.

Als aber die beiden Frauen immer so ruhig und still blieben wie vorher und nicht einmal den kleinsten Finger rührten, da fasste er sich einen herzhaften Mut, sprang schnell hinzu und küsste die eine ganz leicht auf den bloßen Busen.

Dann aber war's um seine Herzhaftigkeit geschehen.

Er fuhr ein paar Mal an der dichten Fichtenreihe, die den Parkrings umschloss, hin und her, kopflos und angstvoll, fand endlich eine kleine Lücke und stürzte dort aufatmend ins Freie hinaus.

Dabei musste jedoch eine der Fichten einen unsanften Nasenstüber bekommen haben, denn sie rief voller Entrüstung: „O, Frau Nachbarin, was war das für ein ungebildeter Geselle; merkt denn solches Volk nicht, zu welcher Gesellschaft wir gehören?"

„Ja ja, die Welt! – die böse Welt!", seufzte die andere.

Aber der Wind war froh, aus dem Park entkommen zu sein, und kümmerte sich um nichts mehr. In seiner Tölpelei riss er die alte, ehrwürdige Wetterfahne, die auf dem Försterhaus hinter dem Park saß, am Bart, dass sie vor Entsetzen laut aufkreischte, blies die hölzerne Windmühle fast über den Haufen; und auf der anderen Seite des Dorfes, drüben am Waldrand, zerbrach er den beiden Teichen die blankgeputzten Spiegel.

Um die Mittagsstunde kam der Förster von seinem Waldgang heim. Die Flinte übe die Schulter gehängt, schritt er langsam und zögernd die Birkenallee entlang dem Dorf zu, welches von einer Anhöhe heruntergrüßte.

Er war in tiefe Gedanken versunken.

Kein gutes Zeichen war schon, dass seine Tabakspfeife unberührt in der oberen Tasche seiner Joppe geblieben war, genauso, wie sie ihm seine Frau am Morgen hineingesteckt hatte.

Aber dass er wie blind über die Erdschollen, die ein eigensinniges Wagenrad auf dem weichen Wegboden aufgeworfen hatte, stolperte und schwankte, ja, dass er hin und wieder stehen blieb, wie geistesabwesend nach dem fernen Horizont, ins Leere, ins Nichts starrte, dass er dabei wie traumverloren nach dem Schloss seiner Büchse tastete, - das waren Zeichen, die auf etwas Schlimmes raten ließen.

Es musste ihm etwas durch den Kopf gehen, das sehr eckig und spitzig war. Und jedes Mal, wenn er stehen blieb, schien sich eine solche Spitze in seine Schädelwand hineinbohren zu wollen.

Manchmal reckte sich seine stramme Gestalt wie unter einer Last; kaum aber hatte er ein paar Schritte getan, so beugte sich sein Nacken nach vorn, seine Schultern sanken herab, und er taumelte mehr nach vorwärts als er ging.

Nach und nach war er bis auf die Dorfstraße gekommen, und unbewusst wurde sein Gang fester und steter.

Als er beim Schulhaus vorüberkam, traf er im Vorgarten desselben den Lehrer.

„Morgen! Herr Förster! – Nanu? – schon so zeitig?" Damit kam er bis an den Zaun heran und reichte dem Förster die Hand über die grünen Staketen hinüber.

Der Förster wollte hastig weiter.

„Aber bleiben Sie doch ein bisschen! Sie kommen schon noch zum Braten zurecht. Meine Alte lässt mich auch noch warten."

Der Förster schwieg noch immer.

„Fehlt Ihnen was?"

„Nein – !"

„Aber Sie sehen gar nicht gut aus!"

„Es ist weiter nichts!"

„Na also! Das wusste ich gleich. Unser lieber Förster – kernfest und auf die Dauer! Na, Sie kommen doch heute bestimmt zum Skat"

„Ja! – Das heißt, ich weiß noch nicht recht!"

„Aber was ist Ihnen nur, Sie sehen so merkwürdig aus?"

„Ach – weiter gar nichts!"

„Ja, jeder hat halt seine Sorgen, Sie mit den Hasen, ich mit den Jungen."

Der Förster schwieg.

„Was machen denn Ihre Bienen? – Meine haben ganz gut überwintert. Zwei Völker sind mir allerdings draufgegangen. – Fliegen heut prächtig bei diesem Wetter, ein wahrer Staat!" – Wollen Sie nicht einmal hereinkommen?"

„Nein, nein", wehrte der Förster, „morgen vielleicht, ein andermal!"

„Na, wie Sie wollen. – Was ich noch sagen wollte, wie steht es denn mit dem Radieschensamen?"

„Schicken Sie heut Nachmittag ihren Hans herum, ich habe ihn schon zurechtgelegt. Übrigens – "

„Ja, ein Tag ist heut, ein Wetter, wie man es nicht besser wünschen kann. – Ist mir recht ans Herz gewachsen, die ganze Gegend und das Dorf."

„Wann gehen Sie weg?"

„Im Oktober, nach Oels. Na, Sie wissen´s wohl schon. Ich gehe gar nicht gern; aber meine Jungens müssen eben was lernen, das ist heutzutage nicht anders."

„Ja, – Sie gehen fort, – nach Oels."

„Sie wissen aber auch, dass ich viel lieber bleiben möchte. Jedes Mal, wenn ich so das ganze Dorf vor mir sehe, freue ich mich so ganz von selber. Ich weiß gar nicht recht, warum. Gerade wie heut: Auf jedem Dach schreit ein Spatz, auf jedem

Dach schmaucht ein Schornstein, und in jedem Ofen, die felsenfeste Überzeugung habe ich dabei, wird herrschaftliches Eigentum verbrannt."

Dabei lachte er.

Auf die Lippen des Försters stahl sich auch ein Lächeln, milde und schmerzhaft: „Sie stibitzen eben alle, ändern lässt sich das nicht."

„Und der junge Graf sagt nichts dazu. Ja, das ist eben ein Kavalier vom Scheitel –."

Der Förster hatte sich rasch umgedreht und ging mit leichtem Kopfnicken von dannen.

Der andere schaute ihm wortlos nach, und seine erstaunten Äuglein schienen zu fragen: „Was hat er nur?"

Leise tickte die Wanduhr.

Zwischen den weißen Gardinen hindurch drängte der flutende Sonnenschein. Vor dem großen Stuhl in der Ofenecke lag auf einem Fuchsfell der Hühnerhund des Försters und fuhr sich hin und wieder mit der Vorderpfote schlaftrunken über seine Schnauze.

Sonst war es still.

In der einen Ecke des schwarzen Ledersofas ruhte die zusammengesunkene Gestalt des Försters, regungslos wie erstarrt. Seine grauen Augen schienen ein Loch durch die Tischplatte bohren zu wollen.

Seine Frau, eine rüstige Gestalt, saß im hellsten Sonnenschein am Fenster und ließ die goldenen Strahlen über Gesicht und Hände gleiten.

Manchmal streifte ein sorgender, tiefbetrübter Blick aus ihren milden, treuen Augen den Mann.

„Friedrich!", kam es leise von ihren Lippen.

Keine Antwort.

„Friedrich, so hör doch!"

Er hob den Kopf bedächtig empor.

„Willst du wirklich kündigen?"

„Ja!", tönte es zurück, wie unterdrückter Zorn.

„Warte wenigstens bis morgen, tu es heute noch nicht!"

„Warum?"

„Du könntest dich vielleicht noch anders besinnen."

„Nein!"

„Aber bis morgen willst du warten, – nicht wahr?"

Sie war bei diesen Worten aufgestanden und kam zu ihm herüber, fasste ihn bei der Hand und ließ sich an seiner Seite nieder.

„Lieber Friedrich, – nicht wahr, du tust es mir zuliebe, du wartest bis morgen. – Denk doch, was soll aus uns beiden werden, – hernach. Es ist so schwer, eine neue Stelle zu bekommen. Wer nimmt denn solche alte, graue Leute, wie wir zwei es sind!"

„Gut, ich werde morgen hingehen!"

Damit stand er langsam auf und langte nach seiner Büchse, die am Türpfosten hing.

„Gehst du ins Holz!"

„Ja!"

„Geh nur auch hinüber und trink ein Glas Bier! Es wird dir gut tun."

„Vielleicht!"

„Vielleicht vergisst du auch die ganze Geschichte. Er ist doch gegen alle so freundlich und gut, – auch –."

Hastig riss er die Büchse vom Nagel und ging mit starken, stampfenden Tritten zur Tür hinaus. Mit großen, täppischen Sprüngen folgte ihm der Hund.

Die Frau aber sank plötzlich wie kraftlos in den Stuhl am Fenster, legte die Hände in den Schoß und sah ihm nach. Er war schon lange hinter dem Parkzaun verschwunden, und immer noch schaute sie wie gebannt auf die Stelle, wo sie ihn zuletzt gesehen hatte. Langsam traten in ihre Augen zwei große, schmerzhafte Tränen.

Die Klarinette hatte eben ihren letzten Schrei getan.

Die Polka war zu Ende.

Die Musikanten feuchteten ihre Kehlen und legten ihre Instrumente beiseite.

In der verräucherten Wirtsstube, die heute zum Tanzsaal umgewandelt war, qualmten drei große Petroleumlampen, die mit kurzen Drähten an der niedrigen Balkendecke hingen, und machten die Luft, die von Zigarrenrauch und Schweißdunst schwelte, heiß und stickend. Die geöffneten Fenster waren von unten bis oben gefüllt mit den Köpfen der Zuschauer: halbwüchsige Jungen und Mädel, Schulbuben, die mit Verlangen nach dem Paradies schauten, welches ihnen noch verschlossen war.

Allmählich leerte sich der Saal. Die meisten der Paare drängten nach der Tür, um draußen etwas bessere Luft zu schnappen. Kreischen und Juchzen tönten aus dem Knäuel heraus, welches sich langsam am Wirt vorbeiwälzte, der schmunzelnd hinter dem Holzgitter seiner Schenke stand.

Der Bierhahn lief heute unaufhörlich.

Das Geschäft ließ nichts zu wünschen übrig.

Die, welche in der Stube zurückblieben, zwängten sich zwischen die Holztische, die an der einen Seite des Raums standen.

Es wurde etwas stiller.

Ein frischer Luftzug strich durch die Stube, denn die Zahl der Zuschauer hatte sich plötzlich vermindert.

Die Flammen der Lampen zuckten auf und nieder.

„Platz!", schrie eine raue Stimme im Hausflur.

Mit einem großen Blechtrichter gewaffnet, schritt Jakob gravitätisch herein. Man sah es nicht nur an seiner frisch gewaschenen Schürze, seinen reinen Hemdsärmeln und seinen übermäßig geölten Haaren an, dass heut sein Ehrentag war.

Im gesamten Vollgefühl seiner Hausknechtswürde fasste er in der Mitte unter der einen Lampe Posto und begann den Trichter nach allen Seiten in großen Bögen herumzuschwenken.

Bald stand er in der Mitte seiner Riesenzeichnung wie der stolze Stempel der Wasserrose inmitten der großen, gelben Blütenblätter.

Von vielen, besonders von den Weibern wurde seine Kunst nicht einmal in der rechten Weise gewürdigt, und manch eine raffte unter Schreien und Schimpfen ihr bestes Kleid fast bis zu den Knien empor, wenn Jakobs spritzende Bögen zu weit nach außen gegriffen hatten.

Er aber bewahrte seine Würde, ohne mit der Wimper zu zucken.

In ein paar Augenblicken war die ganze Diele besprengt, und an Stelle der heißen, schwelenden Dünste trat eine dumpfe, wassergeschwängerte Luft.

Jetzt griff Jakob nach seinem Szepter. Einige gewaltige Besenstriche, wie Sensenhiebe ließen sie sich an, und der Staub, der bis dahin friedlich am Fußboden gelegen hatte, wirbelte in die Lüfte.

Einen Entrüsteten, der dagegen Protest erhob, beruhigte er mit den Worten: „Halt dein Maul!"

Dann trat er ab. –

Die Klarinette setzte mit einem Doppelschlag ein, – der Tanz begann wieder. Der Raum füllte sich schnell mit drehenden Paaren, und die offenen Fenster schlossen sich wieder mit blonden Köpfen und Zöpfen.

Drüben in der Herrenstube war es stiller.

Außer dem Klang der Knöchel, welche im Dreiklapp die Karten nachdrücklich auf den Tisch warfen, und dem ruhigen Gespräch zweier alter Bauern in der Nähe des überheizten Eisenofens über den Ausfall der vorjährigen Ernte und die Vorzüglichkeit ihres Düngers, hörte man nur noch hin und wieder den freudigen oder erbosten Ruf eines glücklichen oder unglücklichen Spielers.

Ein dicker Schwaden weißen Zigarrenrauchs schwebte über den Tischen wie eine Gewitterwolke. Flammende Blitze sandte die Lampe durch die Lücken derselben auf die Köpfe der Spielenden.

An einem Tisch saßen der Förster, der Lehrer und der Lehrer des Nachbarortes und warfen fast wortlos die Karten auf den Tisch. In der Ecke hinter dem Förster lehnte die Büchse; die Jagdtasche lag daneben, beides von seinem Hund bewacht.

Der Windmüller, der am Nachbartisch saß, legte urplötzlich, mitten im Spiel, die Karten auf den Tisch und sagte: „Na, wir haben ja schnell eine ‚gnädige Frau' gekriegt."

Alles horchte auf. Der Müller war wegen seiner bösen Zunge weit und breit berüchtigt. Man sagte: Der Wind blase ihm alle bösen Geschichten aus der Gegend in sein Haus hinein.

Sogar die beiden Lehrer spitzten die Ohren.

Nur der Förster starrte eigensinnig in seine Karten.

„Ja, ja, eine ‚gnädige Frau‘. Ob es eine richtige ist, weiß ich zwar nicht, allein deswegen könnt Ihr ja einen aus dem Schloss fragen."

„Wie sieht sie denn aus?" – „Ich habe auch schon so was gehört!" – „Man sollte es nicht für möglich halten!"

Diese Reden schwirrten aufgeregt durch den Raum.

„Ich habe sie gestern Abend gesehen", fuhr der Windmüller fort, „sie sah ganz weiß aus, auch im Gesicht. Sie wird wohl auch ganz schön sein, denk ich. – Sie, Herr Förster, Sie werden ja mehr davon wissen, von der Geschichte. Können Sie uns nichts erzählen?"

Der Förster warf einen kurzen, scharfen, blitzenden Blick in das Gesicht des Müllers, zog dann eine Karte aus seinem Spiel, hieb sie auf den Tisch, dass er in allen Fugen krachte, und schrie: „Null-ouvert!"

Das Spiel nahm seinen Fortgang.

Hin und wieder kam Jakob zur Tür herein, in jeder Hand fünf bis sechs Biergläser, und stellte jedem, der ausgetrunken hatte ein gefülltes Glas hin. Dann verschwand er mit den leeren Gläsern, wortlos, wie er gekommen, und ohne seine Miene auch nur im Geringsten zu verändern.

Einen Augenblick schwoll dann das Getöse an, welches aus dem Tanzsaal herüberdröhnte, dann wurde es wieder stiller.

Die beiden am Ofen hatten eiligst den neuen Gesprächsstoff aufgegriffen und unterhielten sich auf ihre Weise.

Da erschien Jakob in der Tür und rief: „Herr Förster, Sie sollen einmal herauskommen!"

„Wer ist draußen?", fragte der Förster, ohne von seinen Karten aufzublicken.

Hinter Jakobs breitem Rücken tauchte plötzlich ein bartloses Gesicht auf.

„Guten Abend!"

Es war der Diener des Grafen.

Im Vergleich zu ihm war Jakob ein kleiner Waisenknabe in der Beherrschung seiner Gesichtsmuskeln.

Ausdruckslose Züge, mathematisch genau berechnete Falten um die Mundwinkel, eine tadellose, nichtssagende Haartracht und zwei starre, stumpfe Augen: niemand konnte sagen, ob es Maske oder Wirklichkeit war, was ihm dieses Gesicht entgegenhielt.

„Der Herr Graf verlangt nach Ihnen, Herr Förster!", kam es klanglos von den schmalen Lippen des Dieners, automatenhaft, wie aus einem Phonographen.

Schweigsam legte der Förster die Karten auf den Tisch und stand auf, um sich zum Gehen zurechtzumachen.

„Grüßen Sie die gnädige Frau von mir!", höhnte der Windmüller von seinem Platz aus und wechselte dabei mit dem Diener, der regungslos zwischen Tür und Ofen stand, einen kurzen Blick.

Der Förster stand einen Augenblick, ohne sich zu rühren, und schaute den Müller wie wirrsinnig an.

Es löste sich ein tiefer, weher Schrei aus seiner Brust, wie das unterdrückte Schmerzbrüllen eines verwundeten Stieres klang es. Dann sprang er auf den Diener zu und packte ihn mit furchtbarer Gewalt am Oberarm.

Der sank vor Schmerz in die Knie.

„Lassen Sie mich los! Lassen Sie mich los!", winselte er, sich am Boden krümmend. „Hilfe! – Er ist verrückt! – Lassen Sie mich los!"

Der Windmüller machte eine kraftlose Bewegung, allein ein wilder Blick des Försters bannte ihn nieder.

„Lassen Sie mich los!"

Mit Händen und Füßen wehrte sich der Angegriffene gegen den eisernen, klammernden Griff des Feindes. Endlich aber sank er kraftlos auf den Boden, leise wimmernd.

Währenddessen hob und senkte sich die Brust des Försters unter keuchenden Atemzügen.

„Du Hund! – Du Hund!", stieß er hervor. Dann ließ er von ihm und warf ihn gegen die Wand.

Ein paar sprangen auf.

Doch der Förster schrie: „Rührt mich nicht an! Rührt mich nicht an!"

Dann beruhigte er sich etwas.

Er fing an zu reden, zuerst hastig und stoßweise, dann zusammenhängender und fließender.

„Ich – ich bin ein Schuft, - ein Schurke!"

„Aber Herr Förster!" Der Lehrer war aufgestanden und wollte ihn beruhigen.

„Rühren Sie mich nicht an! – Ich bin ein Schurke, ein wahrhaftiger Schurke, und dieser Hund, dieser räudige Hund, ist schuld daran. Er hat die ganze Sache angezettelt!"

Der Lehrer wollte ihm die Hand auf den Arm legen.

„Nehmen Sie die Hand weg, ganz weg! Ich bin kein ehrlicher Mensch mehr. – Ich habe zu einer Dirne, einer hundsgemeinen

Dirne ‚gnädige Frau' sagen müssen, und dann habe ich ihr noch die Hand küssen müssen!"

Die letzten Worte brachen den starken Mann zusammen. Er sank auf einen Stuhl und barg sein Gesicht in den Händen.

Die anderen standen wortlos und regungslos umher.

Der Diener raffte sich unterdessen empor und schlüpfte hinaus. Durch die halbgeöffnete Tür sprach er in demselben Tonfall wie vorher: „Ich werde es dem gnädigen Herrn Grafen überbringen, dass Sie nicht kommen wollen, und in welcher pöbelhaften Weise Sie seine Freundin beschimpft haben."

Damit verschwand er.

Der Förster rührte sich nicht.

Die Luft wurde schwül. Einer nach dem anderen ging leise hinaus.

Bald war der Förster allein; immer noch saß er, das Gesicht in den Händen verborgen. Sein Hund tappte herbei und rieb den Kopf leise am Arm seines Herrn.

Der Förster sah auf, strich wie schwachsinnig dem Hund ein paar Mal über den Hals, während er in die glühenden Kohlen des gegenüber stehenden Ofens starrte. Dann stand er auf, griff mechanisch nach Mütze, Jagdtasche und Büchse und ging wie im Traume hinaus.

Er hatte nur wenige Schritte bis zum Parktor.

Seine Füße wurden ihm schwer und schwerer, er drohte umzusinken, und er wollte nach Hause.

Ein bitteres Lächeln fuhr um seine Lippen.

Nach Hause! – Seine Lippen bewegten sich, ohne das Wort sprechen zu können.

Wie lange noch? –

Er saß auf der eisernen Gartenbank unter der großen Buche und sann und sann.

Leise strich der Wind durch die kahlen Zweige des Baumes. Der Wind, der sich den Tag über müde getollt hatte, sang sich nun selbst das Schlummerlied. Auf dem großen, runden Rasenplatz, der sich zwischen der Bank und dem Schloss ausbreitete, lag ein schwerer, grauer Nebel. Mit langen, nassen Fingern langte er in die Sträucher hinein, die sehnsüchtig ihre nackten Arme nach ihm ausstreckten.

Von Zeit zu Zeit hob der Hund, der sich an einer mächtigen, knorrigen Baumwurzel niedergelegt hatte, den Kopf und knurrte leise; dann hatte der Wind jedes Mal deutlich den Schrei der Klarinette oder das Schmettern des Horns herüber getragen.

Ein grauer Nachtvogel schwebte lautlosen Fluges über den Platz und fiel klatschend in die triefenden Zweige der Buche ein.

Plötzlich hob der Hund den Kopf, winselte scharf und sprang empor. Sein Knurren wurde lauter, zorniger; endlich stieß er einen leisen Belllaut hervor.

Der Förster sah auf.

Drüben hinter den Sträuchern bewegte sich etwas Weißes. Gemessenen Ganges kam es daher. Der Förster legte die Hand auf den Kopf des Hundes, der nun still wurde, aber am ganzen Körper vor Aufregung zitterte.

Es war eine hohe, ruhige Frauengestalt, die sich leisen Schrittes dem Sitz des Försters näherte. Langsam wollte sie an ihm vorüber, leise rauschte ihr langes, faltiges Gewand.

Der Förster erkannte sie.

Es schwamm vor seinen Augen ein Blutmeer. Und aus diesem Meer reckte die Schande ihr fletschendes, grinsendes Haupt.

Das war sie, – sie!

Schon war sie hinter den nächsten Büschen verschwunden, nur noch ihr schneeiges Gewand schimmerte durch die Zweige.

Da rollte ein Schuss über die Parkwiese dahin, prallte an der Vorderwand des Schlosses empor und verhallte in die Nacht.

Er verschlang den Angstschrei, den die weiße Frau im Sinken ausstieß.

Der Förster hatte geschossen.

Die Finger seiner Linken umkrampften den Lauf seiner Büchse, seine Rechte hielt das Halsband des vorwärtsstrebenden Hundes umklammert.

Dann ging er tiefer in den Park hinein.

Nach einer Weile raffte sich die ohnmächtige Gestalt vom Boden empor und eilte schwankenden Schrittes auf das Schloss zu.

Am nächsten Morgen fand man den Förster im dichten Gezweige einer mächtigen Fichte.

Erhängt!

Sein Hund hatte die ganze Nacht an der Stelle geheult, - langgezogene, winselnde Töne in das Trompetengeschmetter und Klarinettengejuchze hinein.

3. Der Prozessschneider

Draußen an der Landstraße, die sich steif durch die wogenden Kornfelder wand, lag einsam eine alte, baufällige Hütte. Die Fenster waren vor Alter fast blind, und die Wände zeigten Risse und Rillen wie ein Greisengesicht. Hier und da war der Lehm abgefallen, und die hölzernen Rippen des Häuschens traten dort frei zu Tage. Das Dach hatte sich hinten auf den Erdboden hinab gesenkt, als wollte es den mürben Wänden die Last leichter machen. Dabei war jedoch der Schornstein schlecht weggekommen. Er saß dem Häuschen wie ein schiefer Hut auf dem Kopf.

Fuhr der Wind einmal übe die Felder daher, so klapperten die losen Dachziegeln jedes Mal so laut, dass die Spatzen, die im naheliegenden Weizenfeld sich die süßen Körner schmecken ließen, höchst erschreckt und entrüstet aus den Halmen emporflogen.

„Eine Schande, eine Schande!", rief der Hauptschreier von ihnen, als sie auf dem Weidenbaum über der Straße in Sicherheit waren.

„Eine Schande!", schrie es nun im Chor, denn erschrocken waren sie alle.

„Mich wundert nur", ließ dich der Anführer wieder vernehmen, „dass die Menschen, die doch immer so klug sein wollen, das alte Haus noch nicht eingerissen haben."

„Und uns wundert das auch", fiel der ganze Schwarm ein.

„Wie leicht kann es einstürzen, und dann erschlägt es den Alten", machte wieder der Häuptling.

„Das heißt, er muss gerade drin sein!", piepste vorlaut ein junger, naseweiser Spatz, ehe der Chorus Zeit hatte, seine Zustimmung zu geben.

„Halt den Schnabel, du Grünwicht, sonst reiße ich dir die Schwanzfedern aus!", fuhr ihn der Alte an.

Das war eine schreckliche Drohung; denn was sollte ein junger Spatz ohne Schwanz beginnen? Beim Fliegen würde ihm das Steuer fehlen, beim Klettern die Stütze und beim Hüpfen die Balancierstange. Und welch traurige Figur würde ein solch schwanzloser Spatzenjüngling seiner angebeteten Holden gegenüber machen? Ja, wenn ihre Liebe so weit ginge, dass sie sich aus Mitgefühl ebenfalls alle Schwanzfedern ausreißen ließe, dann wäre das Unglück vielleicht noch zu ertragen.

Aber wer kennt sich gegenüber solchen leichtfertigen, putzsüchtigen Weibern, wie die Spätzinnen nun einmal sind, aus?

Der junge Guckindiewelt aber schien darin schon seine Erfahrungen gemacht zu haben; denn er schwieg, allerdings nicht ohne die gelblich weißen Schnabelränder nach außen zu pressen, zum Zeichen, dass er der Beleidigte sei.

„Schade wäre es um den Alten gerade nicht!", fing der Hauptschreier wieder an.

„Aber", fiel ihm ein alter, grauer Spatz ins Wort, „gestört hat er uns nicht ein einziges Mal."

„Nein", schrie ein anderer, „gestört hat er uns nie. Gefreut, wirklich gefreut hat er sich sogar. Damals, als wir drüben unser Jubiläum feierten, und in dem Feld ein Skandal war, der meinen alten Spatzenohren selbst zu viel war."

„Schade wäre es aber doch nicht um ihn", beharrte der Anführer auf seinen Worten.

„Sooo? – Warum denn?", fragte der Alte.

„Er ist nämlich furchtbar geizig."

„Geizig? – Was ist denn das, geht das zum Fressen?", mischte sich wieder der Gelbschnabel ins Gespräch.

„Du infamer Bengel! Wie kommst du dazu, alte, erfahrene Leute in ihrer Unterhaltung zu stören!" Damit fuhren die beiden Sprecher auf den Arglosen ein, dass er ängstlich ein paar Zweige seitwärts flatterte, um seine Schwanzfedern in Sicherheit zu bringen.

„Geizig?!" – Jeder piepste es leise vor sich hin, blinzelte nachdenklich in die warme Julisonne hinein, klappte verständnisvoll einmal mit den Flügeln, wippte ein wenig mit dem Schwanz und verdrehte die schwarzen Äuglein.

„Wie kann man nur geizig sein!"

Und surrr! – flog der ganze Schwarm hinüber ins Weizenfeld, denn eben hatte ganz deutlich eine Peitsche geknallt, und langsam holperte ein Wagen die Landstraße herauf.

Nur der junge Naseweis blieb sitzen und ließ den Wagen vorüberhumpeln.

Dann flog er über die Straße hinüber, setzte sich auf den Zaunpfahl und schaute durch die Fensterscheiben nach dem alten Mann hinüber, der sich über ein Blatt Papier beugte und mit der Feder darauf herumkratzte.

„Huh! Macht der ein böses Gesicht", murmelte das Spätzchen, und surrr! – flog es zu den anderen hinüber und hatte über den saftigen Körnern geschwind den alten, bösen Griesgram vergessen.

Der saß hinter seinem Schneidertisch und schrieb und schrieb. Mit wildem Ingrimm malte er Buchstaben für Buchstaben. Seinen ganzen Hass, der ihm im Herzen saß, ließ er auf das Papier strömen.

Endlich war der Brief fertig. Schön war es gerade nicht geschrieben, aber hanebüchen deutlich.

„Räuber, Diebe! – Hausfriedensbruch, Freiheitsberaubung. – Er wird's euch schon anstreichen, der Prozessschneider!" Damit drohte er nach dem Kirchlein hinüber, dessen spitzer Turm mit großen, hellen Augen freundlich herübergrüßte.

Die kurzen, grauen Haare standen starrsinnig nach allen Seiten. Weißgraue Bartstoppeln umrahmten sein ledernes Gesicht, aus dem zwei giftige Schlangenäuglein stechend in die Luft blickten, und den zusammengekniffenen Lippen sah man es deutlich an, dass sie schon seit langen Jahren nur harte Worte aus dem Munde gehen lassen.

Der Alte stand auf und schlurfte nach der Kammer. Dort bewahrte er sein Geld auf. Mit eigener Hand hatte er die Luke, die dem kleinen Raum Licht gab, vermauert, dass eine Schatzkammer daraus ward, wie sie fester und sicherer kein König besaß. Denn wer suchte wohl seine Schätze dort hinter dem alten, halbvermorschten Balken. Und doch lagen dort beinahe achtzigtausend Mark.

Er bewegte sich in dem kleinen, finsteren Raum mit der größten Sicherheit.

Bald saß er wieder an seinem Tisch und kramte aus einer alten verschimmelten Ledertasche seine Wertpapiere heraus.

„Beinahe tausend Mark Zinsscheine", murmelte er befriedigt.

Dann steckte er die abgerissenen Zettel in die Rocktasche und trug die Papiere in der Briefmappe wieder an ihren Ort hinter dem Balken.

Er war geschwind reisefertig. Der geflickte Rock passte vortrefflich zu der alten, abgegriffenen Tuchmütze und dem Eichenknüttel, welcher ihm den Stock ersetzte.

Er trat aus der Hütte, ohne die Tür zu verschließen. Die alte Wut packte ihn wieder, als er die Verwüstung sah, welche der Haufe vor seinem Hause angerichtet hatte. Die Zaunplanken waren heruntergetreten, das üppig wuchernde Unkraut zerstampft und drüben am Stall baumelte noch das zersprengte Schloss so traurig herab, als hätte es sich vor Ärger und Scham über die erlittene Schmach an seinem zerbrochenen Bügel erhängt.

Bald hätten sie ihm das ganze Häuschen über den Haufen gerannt. Er ballte die Fäuste. Aber es stand fester als manches neue. Schließlich wäre es gar nicht nötig gewesen, die eiserne Stange durch den Bodenraum zu legen, um die Giebel, die vor Altersschwäche und Langeweile schon eine große Abneigung voneinander zeigten, zusammenzuhalten.

Nun aber war es einmal geschehen und ändern ließ sich die Geschichte nicht mehr. Das Beste dabei war, dass der Schmied noch recht lange auf den Rock, mit dem er sich bezahlt machen wollte, warten konnte; am Ende hätte der Rock länger gehalten als die Ankerstange.

Der Schneider machte sich auf den Weg nach der Kreisstadt, deren weiße Türme aus dem Dunstmeere am Horizont aufragten. Bald war er hinter der Waldecke verschwunden.

Die Luft wurde dicker und schwerer, das Gewitter, das schon lange in der Luft gelegen hatte, kam in den Nachmittagsstunden. Ehe man es dachte, hatte der Wind die Wolken in dem

Waldkessel zusammengeblasen, und bald blitzte und donnerte und regnete es, dass es eine Art hatte.

Das kam so schnell über das Städtchen daher, dass der Schmiedejakob, der im Wirtshaus hinter dem Glas wie gewöhnlich seine Grillen fing, nicht mehr Zeit hatte, trocken nach Hause zu kommen.

„Biste noch da?", fragte der Wirt, den das Wetter soeben vom Feld hereingetrieben hatte.

„'S gefällt mir hier besser als in meiner Roochbude!"

„Gloob ich dir, gloob ich dir!", lachte der Wirt, „aber wenn's nu bei dir einschlägt?"

„Dann derschlägt's mich wenigsten nich!"

Er bestellte ein frisches Glas.

Der Wirt brachte es ihm und setzte sich ihm gegenüber.

„Sag mal, was habt ihr denn heute beim Prozessschneider draußen gemacht? Ich bin nich recht gescheut gewurn aus dem Gerede."

„Na, der Kerl will doch partout seine Steuern nich bezahlen."

„'S is wahr! – Na, sie haben ihn ooch geschraubt nach der Klafter! Wuher der Birgermeester das bluß herhat?"

„'S muss doch su sein, sunste wärn wer heute nich draußen gewäsen, ich un der Scherschant. Du wirscht wull wissen, dass der kee Blicher is. Derwegen bin ich mitgegangen. Wie wer draußen sind, will der Schneider uff a Scherschant lus. Ich musste'n nu beim Kragen halten, dass er'm nich an die Kähle fuhr. Die anderen machten derweil a Stall uff. Un das Schwein ham wer gleich versteigert."

„Wer hat's denn?"

„Der Scherschant!"

„Sue en tummer Kerl, der Schneider, denkt der, er brauch nischt bezahlen, weil er su weit draußen wohnt."

„Aberst Geld hat er doch", machte der Schmiedejakob.

„Mag scheenes Geld sein! Mancher Schweeßtruppen ährlicher Leute mag drankläben. Ich mag's nich geschenkt."

„Na, du! Flunker nich! Wenn der Schneider sagen meechte: ‚Hier haste das Geld, ich schenk dir'sch', ob du dann ooch su sprechen wirscht."

„Natierlich. Ich bin een ährlicher Mensch und will ooch eener bleiben."

Das Gewitter hatte sich ebenso schnell verzogen, wie es gekommen war. Die beiden standen schon auf der Schwelle der Haustür und reichten sich zum Abschied die Hände. Schon blickte die Sonne durch die Wolkenlücken und trank gierig die Pfützen, die der Regen zurückgelassen hatte.

„Feuer! Feuer!", tönte es plötzlich aus einer Nebengasse heraus.

Mit einem Schlag wurde es im Städtchen lebendig. Wie Ameisen lief's über den Marktplatz hinweg nach allen Seiten.

„Wo brennt's?", schrie der Schmiedejakob.

Keine Antwort, die befriedigte.

Endlich kam einer gelaufen, lechzend und atemlos.

„Beim Prozessschneider!"

„Gott sei Dank!"

Die Glocke auf dem Turm begann ihr Feuerliedlein zu singen, aufreizend, nervenstachelnd.

Bald strömte es schwarz über den Marktplatz hinweg zur Brandstätte hinaus.

„Platz gemacht!", schrie der Schmiedejakob und zerrte die wacklige, verrostete Spritze mit kräftigen Fäusten aus dem Spritzenhaus. Bald raste sie über das holprige Pflaster, und oben darauf stand der Schmiedejakob und machte mit seiner dröhnenden Stimme der Eiligen Platz.

Nun waren sie an der Brandstelle angekommen.

Wie das alte Holz qualmte und knisterte, wie die Dachziegel mit lautem Knall um Knall zerplatzten. Viel zu löschen gab es hier nicht mehr; der Wasserstrahl der Spritze machte die Sache noch ärger. Wo er hintraf, flogen Steine und Sparren nach allen Seiten, und die Flämmchen, die bis dahin durch die Ritzen züngelten, schlugen zur Flamme empor.

Die wenigen Habseligkeiten des Schneiders hatte man geschwind herausgetragen: ein Tisch, ein Stuhl, ein Bett und eine große Kleiderkiste.

Über das Dach des Häuschens lief auf einmal ein drangvolles Beben und Zittern. Im Dachstuhl knarrte und knackste es unheimlich wie in der Brust eines todkranken Menschen.

Endlich brach das Dach zusammen. Nur die beiden Giebel standen noch, von der eisernen Stange zusammengehalten.

„Wo is der Schneider?", schrie eins.

„Der Brandstifter!", schrie ein anderes.

Alles drehte sich nach dem Rufer um.

„Nee, der Blitz hat's angezint. Die Ankerstange hat'n angezogen."

„Ja, ja, der Blitz is gewäsen", murmelten ein paar.

„Der Schneider is in der Stadt drinne", schrie noch eins aus dem Haufen heraus.

42

Das Feuer wurde in seinem Willen nicht mehr gestört. Untätig schaute man dem Schauspiel zu, schon drang weißlicher Rauch aus den Fensteröffnungen, und hier und da leckten die Flammen gierig an Pfosten und Rahmen.

Das Wasser des kleinen Brunnens war versiegt.

Plötzlich entstand ein Drängen und Stoßen auf der Landstraße.

Der Schneider!

Da war er: die Mütze hatte er verloren, schweißtriefend, von oben bis unten mit Straßenlehm bespritzt.

„Mei Geld!", röchelnd brachen ihn die beiden Silben über die Lippen.

„Dei Geld?" – Wu is denn dei Geld?"

Der Schneider schaute wortlos nach dem Haus hinüber.

„Deine Sachen sind ja schunt raus", beruhigte ihn der Schmiedejakob.

„Aber mei Geld, mei Geld!", brüllte der Schneider und wollte zur Tür hinein. Hier aber wurde er vom Schmiedejakob, der davor Posto gefasst hatte, festgehalten. Er bewahrte den Rasenden heute schon zum zweiten Mal vor einer Torheit.

Plötzlich kam dem Schneider ein Gedanke. Er machte sich von den Klammerfäusten des Schmiedejakobs frei, riss ein Papier aus der Brusttasche seines Rockes, hielt es in die Luft und schrie: „Hundert Mark fer den, der mei Geld holt!"

„Geizhals, nich fer fünfhundert!"

„Tausend Mark fer den, der mei Geld holt!"

Jetzt schrie keins mehr.

Der Schmiedejakob lächelte ein wenig. Einen Augenblick überkam ihn eine Unruhe, dann war er gleich wieder still und ging zum Schneider hin.

„Wu is dei Geld?", fragte er leichthin.

Der Schneider beschrieb's ihm mit fliegenden Worten.

Ehe er noch den Gedanken fassen konnte, war der Schmiedejakob im Hause verschwunden.

„Der Wagehals!", schrie eins.

„Un bluß fer tausend Mark!", schrie ein anderes.

Dicker, schwarzer Rauch quoll schon aus den Fensterlöchern, Glasscheiben platzten knacksend entzwei.

Endlich war er wieder da. Erstickt vom Rauch, dunkelrot das Gesicht, brach er ohnmächtig zusammen und brachte nur noch die Worte hervor: „Ich kann's nich finden!"

Mit einem Wutschrei sprang der Schneider hinein.

Alles lauschte atemlos.

Da stürzte mit Gepolter und Gekrach die Decke ein. Als sich der Rauch etwas verzog, sah man den Schneider suchend und händeringend vor dem brennenden Schutthaufen stehen.

Niemand konnte ihm helfen.

Dann lief er zurück nach der Kammer. Aber auch dort konnte er nicht entkommen, sein Schatzhaus war zu fest.

Zuletzt war er wieder an dem brennenden Balkenhaufen, und man hörte durch das Gezisch und Gebraus der Flammen hindurch, wie wilde Worte über seine Lippen kollerten: „Räuber, Diebe, Mörder!"

Da schwankte der eine Giebel, der wie eine Fackel empor brannte, und stürzte mit Geknatter zusammen, den Schneider unter rauchenden, schwelenden Trümmern vergrabend.

„Der Weeze brennt!", schrie es von hinten. Alles lief dorthin und stampfte im weiten Bogen die Halme in den Grund, um zu retten, was noch zu retten war.

Verlassen und einsam vor dem brennenden Trümmerhaufen saß der Schmiedejakob, den Oberkörper gegen das Spritzenrad gelehnt, und atmete schwer und stöhnend.

Nach einigen Wochen war über die ganze Geschichte Gras gewachsen, und niemand wunderte sich darüber, dass der Schmiedejakob wieder auf die Wanderschaft ging, war doch das Städtchen zu klein für zwei Meister.

4. Der tolle Leo

Die Kurzendorfer hatten keinen sanften Seelenhirten. Wenn er des Sonntags auf der Kanzel stand, entfuhren nur harte Worte seinem grollenden Mund. Er sah die Erde für das bekannte Jammertal, Kurzendorf für den dicksten Sündenpfuhl darin an, und in jedem Kurzendorfer erkannte er einen fetten Höllenbraten. Nur er, der einzige, den der Herr hierher gesandt hatte, zur Strafe für seine frühere Hoffart und zur Erlösung der verderbten Dörfler, er hatte schon den Teufel in sich überwunden, und sein Seligkeitswechsel auf den Himmel ruhte sicher verwahrt, mit allen Unterschriften versehen, in seinem gottesfürchtigen Herzen.

Und so kämpfte er seinen Kampf gegen den bösen Feind mit Händen und Füßen, mit Worten und Gebärden, und die Kurzendorfer hörten ihm andächtig zu und gingen nach dem Schlussvers höchst erbaut von dannen. O, sie lauschten seinen Predigten mit großer Spannung. Nahm er doch stets seine Beispiele aus der nächsten Umgebung. Hatte sich im Dorf ein armes Jungferlein vergessen, so konnte man sicher sein, dass der Pfarrer eine solch erschreckliche Sünde nicht ungerügt dahingehen lassen würde. Nach Kirmes und Fastnacht eiferte er gegen die Völlerei im Allgemeinen. War einmal in dieser Hinsicht ein besonderer Fall vorgekommen, so redete er dem Sünder direkt ins Gewissen. Zwar nannte er nie einen Namen, allein er verstand derlei Teufelsbrüder so genau zu zeichnen, dass man auf den Namen verzichten konnte. Hatte ein Bauer am Sonnabend seine Markteinnahmen in der Stadt beim Spiel verpulvert, so stellte ihn der Zionswächter gewiss an den Pranger, zum Exempel für alle. Entzog sich etwa einer diesen Strafpredigten, so fuhr der Pastor am nächsten Sonntag sein schwerstes Geschütz auf. Wie zischende Kugelbälle flogen dann die heißen Worte durch den stillen Raum, um die nackten Mauerpfeiler herum, und die Angst lagerte wie eine brütende Pulverwolke über den Häuptern der Erschreckten. In diesen Fällen war sein Thema: Besuch des Gotteshauses.

Dass ihm nie ein Stoff ausging, dafür sorgten schon seine berichtenden Ohren, die er für seinen Spürdienst ausgebildet hatte. Meistens waren es alte und junge Weiber, welche ihm jede Neuigkeit überbrachten, auch ein paar graue, verhutzelte Mummelmännlein sah man öfters die Türklinke des Pastorenhauses drücken.

Über einen schlechten Kirchenbesuch konnte sich der Pastor gerade nicht beklagen. Erstens war es ja ganz schön, wenn man zuhören konnte, wie ein anderer ausgeschimpft wurde, und zweitens ersparte man sich die Zeitung, wenn man aufmerksam des Pastors Predigt lauschte.

Heut, am Sonntag Cantate, war das kleine Dorfkirchlein bis auf den letzten Platz gefüllt. Der weißbärtige Lehrer, der des Sonntags Organist und Kantor war, hatte eben das Postludium des Hauptliedes beendet und stieg leise und bedächtig von der Orgelritsche herunter. Die Stille der Spannung schwebte unhörbaren Fluges durch den Raum.

Wie eine schwarze Marmorbildsäule stand der Pastor auf seiner schwächlichen Holzkanzel, den dräuenden Blick auf die gebeugten Köpfe seiner Schäflein drunten im Chore, den rechten Arm auf dem Bibelbuch des Kanzelpultes, den linken Arm in den Falten seiner schwarzen Toga: ein ernsthafter Richter und ein erbarmungsloser Rächer.

„Wir vernehmen in Andacht die Worte der Heiligen Schrift, die wir unserer heutigen Sonntagsbetrachtung zu Grunde legen wollen."

Schüchternes Stiefelklappern, Röckerauschen. Die fromme Gemeinde erhob sich.

„Gott widerstehet den Hoffärtigen, aber den Demütigen gibt er Gnade."

Nach dem Niedersetzen wollte heute nicht gleich die nötige Ruhe eintreten. Was für einen Text hat er heute? – Das geht gewiss auf die aus dem Schloss? Na, da bin ich gespannt!

Aber schon schmetterten die ersten Worte in das Gemurmel hinein und holten ein paar Vorwitzige, die nach der Loge des alten Obersten geblinzelt hatten, auf den rechten Weg zurück, und die Worte lauteten: „Verblendete Weltkinder!"

Danach kam eine lange Pause.

O weh, das fing gut an!

Der Kantor nahm unhörbar eine Prise, nieste schallend in die Pause hinein und vertiefte sich darauf in eine Bach'sche Fuge, die er zum Schluss spielen wollte.

„Leo – das heißt der Löwe."

Nun wusste ein jeder, für wen der Knecht Gottes sein Pulver getrocknet hatte. Also der Leo, der Stolz aller Kurzendorfer. Was war denn mit ihm?

Seit drei Jahren stand er als Offizier bei den Dragonern in Berlin. Was hatte er nur verbrochen? Er wollte doch zu Pfingsten wieder auf Urlaub kommen?

Der Pastor war schon längst in seiner kleinen Fabel drin, die er der Predigt vorausschickte. Da erzählte er von einem Löwen, der in seiner Wildheit und Hoffart hinaus in die Wüste gelaufen war und nach einem Leben voller Raub und Mord endlich seinen wohlverdienten Lohn empfangen hatte. Krank, gelähmt und geschändet war er wieder nach seiner Heimat zurückgekommen.

Was war das? Der Leo verunglückt?

Keiner von den Dorfleuten wusste etwas, nur der Pastor oben auf der Kanzel und der weißhaarige Oberst, der mit seinen beiden Töchtern in der geschnitzten Loge rechts vom Altar saß.

Manche reckten sich fast die Hälse aus den Schultern, um einen Blick auf den Alten werfen zu können. Der aber saß ruhig, den Körper nach vorne gebeugt, die Hände auf dem Krückstock, den Kopf gesenkt, und schaute weder links noch rechts. Die beiden alten Mädchen neben ihm hatten die Hände im Schoße zusammengefaltet und schauten ebenso ruhig und ernst drein wie der Vater.

Der Pastor hatte sich allmählich in eine heiße Wut hineingeredet. Bissige, hartherzige Worte brachen durch das Gehege seiner Zähne.

Ob sich das der Alte da drüben wohl noch lange gefallen lassen würde?

Der aber saß und hörte nur mit halbem Ohr zu. Sein Auge, ein großes, blaues Kinderauge, war in die Weite gerichtet; er sah seinen Einzigen, seinen Leo, auf dem Krankenbett liegen, von dem er sich nur noch erheben würde als – Krüppel.

Plötzlich fuhr der Oberst in die Höhe, dass die metallenen Ehrenzeichen und Orden, die an seiner Brust saßen, leise klingelten.

„Mädchenschänder!" Das Wort war ihm wie ein giftiger Wurm entgegengesprungen. Und ehe er noch zur Besinnung kam, bohrte sich dasselbe Wort noch einmal in sein Ohr.

Da richtete sich die Reckengestalt empor, seine Augen funkelten wie zwei scharf geschliffene Diamanten. Er stieß seinen Krückstock auf den Fußboden, dass er dumpf durch die Kirche dröhnte, und sagte: „Marsch!"

Mit festen Tritten schritt er den Hauptgang entlang, zum Portal hinaus, den Stock scharf auf die Steinfliesen aufsetzend. Einen Schritt dahinter begleiteten ihn seine beiden Töchter.

Der Pastor unterbrach seine Rede und wartete, bis die drei hinaus waren. Als er dann wieder begann, war sein Ton plötzlich um ein paar Grade sanfter geworden; er sprach nun von den Demütigen.

Zu Pfingsten kam der tolle Leo wirklich nach Kurzendorf, aber nicht wie früher nur auf ein paar Tage, sondern für immer. Er kam auch nicht im vollen Galopp durchs Dorf gesprengt, dass der Staub aufwirbelte und die Gänse vor Schreck in den Straßengraben flüchteten. Vielmehr brachten sie ihn hinter verhangenen Kutschenfenstern im langsamen Schritt des Abends auf das Schloss.

Schon bei seinem letzten Duell hatte ihn sein Jugendglück verlassen, und noch ehe die Wunde notdürftig geheilt war, riss es ihn vom Krankenlager empor. Noch denselben Tag trugen sie ihn von der Reitbahn nach Hause mit gebrochenem Schenkel und zerschmettertem Gesicht.

Die Kugel seines Gegners hatte zu gut getroffen.

Und nun war er nach Hause gekommen. Aus dem frischen, stürmischen Jungen von damals war ein hohlwangiger, mürrischer Kranker geworden, ein Menschenhasser, ein verbissener Grämling. Seine beiden Schwestern pflegten ihn mit unablässiger Sorgfalt. Jetzt hatten sie etwas, das ihnen Ersatz bot für das, was ihnen das Leben versagt hatte. Leo wurde ihr Kind. Leicht hatten sie es nicht bei ihm; denn er war unfreundlich und rau, eigenwillig wie ein kleiner Knabe. Aber je mehr er sie zurückstieß, je mehr er sie in ihrem Werk, seine Gesundheit zu fördern, störte, umso mehr wuchs ihre Liebe.

Manchmal kam auch der Vater ins Krankenzimmer. Er sprach kein Wort, sondern saß still am Fußende des Bettes, schaute seinen Sohn an und ging bald wieder hinaus, wie gekommen. Draußen fuhr er sich mit der Hand über die Augen.

Um die Erntezeit durfte der Kranke zum ersten Mal das Bett verlassen. Am Krückstock humpelte er über die weichen Teppiche des Erkerzimmers. Der größte Teil seines Gesichts lag noch unter weißen Linnenbinden versteckt. Abends, wenn der kühle Hauch von den Wiesen im Bachgrund herüberstrich und das Klingen der Sensen, das Singen der Schnitter leise herüber schwebte, sah man den Vater und den Sohn öfters am Fenster sitzen, schweigsam und bedrückt in die ruhige Landschaft hinausblickend. Hier der eine, der dem Leben freiwillig den Abschied gegeben, da der andere, der es selbst Valet gesagt hatte. Hier die Ruhe, die sich selbst genügt, dort die Lust zum Leben, gefesselt mit den Banden eines kraftlosen Körpers.

Nach der Ernte wurde es draußen wieder still.

Eines Abends trugen die Winde Klänge über die Wiesen daher, Musikklänge einer Militärkapelle. Das Manöver hatte bis in diese Winkel seine Regimenter geworfen, und drüben hinter der Erdwelle über dem Bach lagerte eine Abteilung im Biwak.

Bis spät in die Nacht hinein rauschten die schmetternden Takte der Marschmusik, Wachtfeuer blinkten durch die Büsche hindurch: endlich riefen langgezogene Signaltöne zur Ruhe.

Die beiden saßen damals bis Mitternacht im Erker und lauschten dem jauchzenden Leben da drüben, bis es sacht entschlief. Beide stumm und bewegungslos. Nur ihre Augen fragten nach dem Warum.

Der Sommer verging, und der Herbst kam mit den verträumenden Tagen und den reifen Früchten. Die Binden fielen von dem Antlitz des Kranken, und was ihm danach aus dem Spiegel entgegengrinste, war ein wildes Spukbild, in welches eine rohe, sinnlose Faust gegriffen hatte, um auch den letzten Rest von Schönheit darin zu zerstören. Sogar seine Augen, die beim Sturze verschont geblieben waren, hatten das Leben eingebüßt, starr und gläsern lagen sie in tiefen Höhlen.

Er erkannte sich selbst nicht wieder. Eine unsagbare Bitterkeit stieg aus seiner Seele auf, er hasste, hasste alles, das Leben, die Menschen, sich selbst.

An einem warmen Herbsttage gestattete ihm der Arzt, in den Garten zu gehen.

Nun schritt er seit einem Jahr zum ersten Mal wieder unter den schattigen Platanen des Parks, als ein Mensch, der nicht leben und nicht sterben konnte.

Schritt? – Er schlich auf drei Beinen dahin, und ohne den Stock hätte er wie ein Tier auf allen Vieren kriechen müssen. Eine wilde Wut quoll in ihm empor und würgte seine Kehle.

Sein Blut stürzte nach dem Kopf. Wie rasend schleuderte er den Stock von sich und wollte ohne ihn vorwärts. Beim ersten Aufsetzen des kranken Beines aber zwang ihn der Schmerz zu Boden.

Mit qualvoller Mühe erreichte er noch die nächste Gartenbank, stöhnend sank er auf die Birkenstäbe und knirschte vor Scham und Hass.

Am nächsten Tag ging es schon viel besser; er kämpfte den Schwächeanfall nieder und erkannte in dem Stock einen treuen Freund.

Einmal als er wieder von seinem Spaziergang heimkam und ins Zimmer trat, fand er die drei anderen in eifriger Unterhaltung beisammen. Sie verstummten sofort, als die Tür klappte.

„Na, da habt ihr wohl wieder über das Schmerzenskind Leo verhandelt, das scheint eure einzige Sorge zu sein. O, es ist grässlich, wenn sich jemand fortwährend um einen sorgt. Und nun gar ihr drei. Lasst mich ruhig meine eigenen Wege gehen, ich mag am liebsten dort sein, wo keine Menschen sind. Gesund bin ich wohl jetzt bis auf meine drei Beine und die ekelhafte Visage. Vielleicht häng ich mich morgen an einen Baum oder so etwas, Zeit wär's endlich."

„Lieber Leo, du musst nicht so reden, es wird schon besser werden."

„Ach was, besser werden! Besser wird es nie, nur schlechter."

„Wir haben gedacht", der alte Oberst nahm jetzt das Wort, „dich diesen Winter nach Italien zu schicken, das heißt nur, wenn du willst, an die Riviera oder nach Sizilien oder sonst wohin. Da wirst du dich erholen, hast Zerstreuung und kommst auf andere Gedanken."

„Wer kommt denn mit von euch?"

„Du musst allein reisen, du weißt, ich kann das nicht leisten, zwei von euch nach Italien zu schicken."

„Allein reisen macht mir keinen Spaß."

„Deshalb haben wir gedacht, du sollst dich vorher verheiraten."

„Verheiraten! Ihr seid wohl nicht recht bei Trost! Ich Ruine. Gibt's überhaupt ein Weib, das mich mag?"

Der Alte schwieg betroffen, die Mädchen auch. Damit war die Unterhaltung zu Ende, und ein jedes spann seine eigenen Gedanken weiter, bis die Tischglocke zum Abendessen rief.

Von Tag zu Tag nahmen die Kräfte des Genesenden zu.

Er dehnte seine Spaziergänge immer weiter aus. Aber er vermied es dabei, einem Menschen zu begegnen. Sah er einen Arbeiter im Park beschäftigt, so machte er große Umwege, nur um nicht in dessen Nähe vorübergehen zu müssen.

Einmal kam er an die hintere Parkmauer und schaute hinüber nach dem Dorf. Verblasste Bilder aus seiner goldenen Jugendzeit stiegen lebensbunt vor seinem Auge empor.

„Der tolle Leo", fuhr es ihm wie beißender Hohn zischend von den Lippen.

Am nächsten Tag wagte er sich schon auf die Felder hinaus. Zerwühlte Kartoffelbeete, vom Pflug zerscharrte Sturzäcker, zerstochene Rübenfurchen. Überall Zerstörung und Hässlichkeit. Dahin passte er ja: Leo, das hinkende Gespenst! Das braune, vertrocknete Oktoberlaub raschelte an den Zweigen der Buchenbüsche längs des Weges. Wie lange noch und es wird hinunter in den schlammigen Graben geweht werden.

Ein einziges Wesen erblickte er auf der weiten Flur. Es war ein Weib. Die Kleider geschürzt, um die Haare ein weißes Kopftuch gebunden, in der Hand eine Hacke, so schlich es gebückt und langsam über das Kartoffelfeld und spähte nach karger Beute. Hin und wieder fuhr die Hacke in den braunen Boden hinein und wühlte eine Knolle hervor. Dann griffen ihre Finger danach und steckten den Fund in den grauen Leinensack, der ihr um den Nacken hing.

Er blieb unwillkürlich stehen.

Sie wurde nicht müde, sich zu bücken. Ihre Bewegungen zeigten Kraft und Ruhe. Manchmal richtete sie sich empor, strich die heruntergefallenen Haarsträhnen unter das Kopftuch zurück, dehnte ihre runde Gestalt, sah nach der Sonne hinüber, welche schon den Horizont küsste, und schwang darauf die Hacke eifriger als zuvor. Endlich wendete sie sich und kam langsam auf seinen Standort zu, um ins Dorf zu gelangen.

Durch einen dünnen Birkenbusch und durch die hereinbrechende Dämmerung geschützt, erwartete er sie. Da und dort bückte sie sich noch einmal nieder, um eine Kartoffel aufzuheben.

Ihre Bewegungen wurden ihm bekannter, je näher sie kam. Jetzt fiel das matte Licht des Abends auf ihre Züge: ein rundes, lebensvolles Gesicht mit zwei freudig-hellen, blauen Augen.

Er erkannte sie. War das nicht die Meta, seine Urlaubsliebste, das Mädel, das den ganzen Tag und die ganze Nacht lachte? Sogar im Schlaf lachte sie. In Windeseile schwammen die Bilder an seinen Augen vorüber; vom ersten Kuss bis zum letzten Abschied. Wie er zum ersten Mal auf leisen Strümpfen nach ihrer Schlafkammer gleich neben der Milchstube geschlichen war und dann die Nächte, welche diesem ersten Abend gefolgt waren.

All die süßen Erinnerungen wirkten auf ihn wie ein feuriger Lebenswein, seine schlaffe Gestalt straffte sich empor, sein Blut kreiste schneller.

O, er kannte jede ihrer Bewegungen: wie tapfer sie die braunen Füße durch die Disteln setzte, und wie sie das Haar aus den Schläfen strich.

Nun war sie auf der anderen Seite des Busches angelangt.

„Meta!", rief er halblaut, gerade so, wie er stets an der Kammertür in lebevoller Begierde geflüstert hatte.

Sie erschrak, ein Beben lief über ihre gedrungene Gestalt. Der Arm, welcher die Hacke hielt, fiel kraftlos nach unten.

„Meta!", jetzt klang es lauter, dringender. Sie sah auf, hilflos wie ein Kind. Nur ein dumpfer Ton erzwang sich aus ihrer Brust einen Weg ins Freie.

Da ergriff er seinen Stock fester und schritt um den Busch herum, gerade auf sie zu. Nur ein paar Schritte von ihr entfernt machte er halt und sah ihr in die Augen.

Ein wilder Schrei, ein Sprung. In rasender Eile hetzte die Furcht sie an ihm vorbei, über die Straße hinweg nach dem Dorf hinüber. Der Schrei, den sie zuerst ausgestoßen hatte, wiederholte sich mehrmals, aber schwächer und schwächer, je größer die Entfernung wurde. Eine wahnsinnige Angst musste die Kehle zusammenpressen, welcher diese Laute entquollen.

Der am Birkenbusch sah ihr nach, stumm und starr. Lange noch hafteten seine Augen an der weißen Scheune, hinter der sie verschwunden war.

Dann trat auf seine Lippen ein spöttisches, selbstpeinigendes Lächeln.

An diesem Abend kam er spät nach Hause. Er traf die anderen schon um den Tisch versammelt. Schweigsam wurde das Abendessen eingenommen.

„Hat es dir geschmeckt, Leo?", fragte eine der Schwestern.

„Danke", brummte er.

„Du bist in der letzten Zeit viel kräftiger geworden."

„Ob du wohl schon die Reise vertragen könntest?"

„Ihr wollt mich wohl los werden?"

„Wie kannst du nur so sprechen, wir wünschen nur eins, und das ist deine Gesundheit."

„Ich kann ja morgen fahren."

„Nein, ein paar Wochen wirst du dich noch gedulden müssen", jetzt mischte sich der Alte ins Gespräch, „du wolltest dich doch vorher verheiraten."

„Ich, verheiraten? Habt ihr den Gedanken noch nicht aufgegeben?"

„Warum aufgeben?" – Wir sind in der Angelegenheit sogar einen großen Schritt vorwärts gekommen."

„Also, macht schnell; wen habt ihr denn für mich auf Lager?"

„Du wirst sie gewiss noch kennen, Fräulein Adele Wittrock."

„Die ist immer noch zu haben?"

„Sie liebte dich schon, als du ein Kind warst."

„Ja, ja, damals musste ich „Tante" zu ihr sagen."

„Sie ist schon etwas bei Jahren, da hast du schon ganz recht, mein Junge. Aber, sieh mal, sie wird dich gut pflegen, sie hat viel Geld, man spricht so von zweihunderttausend bar ohne die Liegenschaften, und dann – du kannst keine solche Ansprüche mehr machen wie früher."

„Ach ja, man muss froh sein, dass es noch Leute gibt, die nicht vor einem davonlaufen." Sein Lachen klang rau und hohl.

„Wollen wir morgen hinüberfahren?"

„Meinetwegen, wenn sie mit mir hinkendem Teufel nur zufrieden sein wird."

„Es ist schon alles geregelt, verlass dich nur auf mich."

„Also dann können wir ja zu Bett gehen."

„Gewiss."

Sie erhoben sich und wünschten einander eine gute Nacht.

„Papa", sagte eines der Mädchen, „wie wird das nun mit dem Pastor?"

„Ja, ja, der Pastor, du hast ganz recht! Da wollen wir doch nächsten Sonntag wieder in die Kirche gehen. Du kommst doch mit, mein Junge?"

„Mir ist alles gleich."

5. Die Kohlen

Im Wirtshaus von Straße saßen am Sonntagmorgen drei hartgesottene Sünder. Die Glocken vom Kirchturm drüben hatten sie zwar gehört; da aber ihre Weiber hingingen, um Gottes Wort und des Pastors Auslegung zu hören und der Hof nicht ganz allein bleiben konnte, – hatten sich die drei zusammengefunden, um hinter der hellen Flasche und dem wandernden Spitzgläschen ihre Andacht zu halten.

Die Herbstsonne guckte neugierig durch die halbentlaubten Lindenbäume des Kirchhofs und freute sich unverhohlen, nicht etwa über die frevelhafte Sonntagsschändung, sondern über den klaren, blauen durchsichtigen Himmel.

Draußen war es still, noch stiller als drüben in der Kirche. Schläfrig saßen die Tauben auf dem Scheunendach des großen Bauernhofes, der neben dem Gasthaus lag.

Die drei am runden Mitteltisch waren andächtig in ihre Sonntagsbetrachtungen vertieft. Der Bäcker saß noch in seiner Arbeitstracht und studierte aufmerksam im „Generalanzeiger" herum. Der Häusler Lippert, der Bekleidungskünstler des Ortes, sog so stark an einer Zigarre, dass seine dürren Backen völlig zwischen den Kiefern verschwanden, und der Maurer Münch, der seinen Baustil dem ganzen Dorfe aufgeprägt hatte, saß luchsäugig vornüber gebeugt und visierte den Inhalt der blanken Glasflasche, als wollte er im Geheimen berechnen, wer den nächsten halben Liter zu zahlen hätte. Der nämlich, welcher das letzte Spitzgläschen austrank, hatte für die neue Füllung zu sorgen.

In der Schenkecke saß von einer Batterie großer, viereckiger Flaschen beschützt, die dralle Dienstmagd und stopfte ihre Sonntagsstrümpfe.

Der „Seeger" marschierte im Stelzenschritt hin und her und zeigte zwei Stunden vor Mittag. Der Stieglitz, dessen Käfig neben dem braunen, breiten Kachelofen hing, sprang eigensinnig von einem Hölzchen zum andern. Das Loch zum Entwischen schien er immer noch nicht gefunden zu haben, und sein Piepen und Trillern klang gerade nicht sehr hoffnungsvoll. Trotzdem sprang er hin und her, als wenn er es dem Uhrenpendel an Regelmäßigkeit zuvortun wollte. Der Deckel der Ofenwanne war in die Höhe geklappt und ein feiner Rauch wirbelte aus der Öffnung hervor.

Auf der Ofenbank wärmte sich ein großer Kater und schnurrte dabei voller Wohlbehagen.

„'S is nich meeglich", sagte auf einmal der Bäcker und drehte sich auf seinem Stuhl herum, damit das Licht aus den kleinen, niedrigen Fenstern das Zeitungsblatt besser treffen konnte. „'S is nich meeglich, jetzt stieht's schunt gar in der Zeitung."

„Was denn?"

„Na, die Geschichte mit a Kohln. Hiert ok eemal."

Dann las er eine kurze Notiz aus dem Provinzialteil des Blattes vor. Hin und wieder stolperte er und verlas sich, sonst war es aber eine ganz respektable Leistung für den Bäcker.

„Strabe bei Militsch. Hier bohrt man seit etwa vierzehn Tagen nach Steinkohlen, und zwar auf dem Gelände des Bauerngutsbesitzers Ruffert. Der Ingenieur Krause aus Berlin leitet die Arbeiten. Man hofft bestimmt, in wenigen Tagen zu einem glänzenden Resultat zu kommen. Die geologischen Verhältnisse der ganzen Gegend schließen einen Zweifel an dem Erfolg des Werkes vollständig aus. Sie ähneln aufs Haar denjenigen im Industriebezirk Oberschlesien."

„Man mechte es fast selber glooben!", machte erstaunt der Schneider.

„Schwindel, ganz gewehnlicher Schwindel!", war die Rede des Dritten.

Dann waren sie alle drei eine Weile still.

„Aber wenn's nu doch wahr is?"

„Na, was dann?"

„Dann wär'n wer alles reiche Leute, wer brauchen nischt zu arbeiten und ham immerscht Geld."

„Hm, – meenste, dass dersch da drieben uns gibt?", damit wies der Schneider nach dem Bauernhof hinüber.

„Das is mer eegal, wersch gib; – Hauptsache, ich krieg's."

„Recht haste enklich!"

„Ihr seid tumme Kerls, – der findt keene Kohln, beileibe nich! 'S is alles Schwindel." Der Dritte hatte sich wieder einmal gemeldet.

Aber die beiden anderen hatten nur geringschätzige, verachtungstiefe Blicke für den zweifelsüchtigen Ungläubigen.

„Wie viele Murgen haste denn durten?", fragte der Bäcker.

„Viere!"

„Und du, Rupper?"

„Dreie!", brummte der Maurer, wie beleidigt.

„Das wärn sieben Murgen – das andere is alles seins. Die muss er zuerscht koofen."

„Meine dreie hat er schunt."

„Was? – Hat er schunt?"", schrie der Schneider. Der Bäcker ließ voll Entsetzen die Zeitung fallen.

„Freilich, – die – hat er schunt!" Der Maurer nickte.

„Und du hast sie ihm gleich gegäben?"

„Natierlich, warum denn nich?"

„Du bist een Schaf."

„Warum?"

„Na, in een paar Jahren kriegste zum minsten eene Million derfür."

„Zum minsten", bekräftigte der Bäcker.

„Lasst mich ok mit dem Schwindel zufrieden, ihr meegt ruhig dran glooben, ich – nich! Er hat's haben wullen, gut, ich hab's ihm gegäben; mir liegt nischt an dem Stickel."

„Was haste denn derfür gekriegt?"

„Geld nich!"

„Was, – keen Geld?"

„Nee, - blußig die zähn Murgen Wiese im Zips drüben."

„Was? Die sauern Wiesen im Zips? Na, Mäuer, da biste aber schön reingefallen!"

„Wer wärn so sähn!" Damit griff er nach seiner Mütze und stand auf.

Die Berechnung hatte sich als falsch herausgestellt, und er ging der gebieterischen Forderung des Endresultats lieber aus dem Weg.

„Und das will ich euch blußig noch sagen. Findt er wirklich noch die Kohln, dann muss er mir meine zehn Murgen fer drei Milljonen abkoofen." Dann schritt er zur Tür hinaus.

Die andern beiden sahen sich an und wussten nicht recht, ob sie die Rede des Maurers für Ernst oder Scherz nehmen sollten.

Und da ihre Gedanken heut von einer besonderen Tiefe und Schwere waren, schwiegen sie beide. In der Zerstreuung trank der Bäcker das letzte Spitzgläschen, vor welchem der Maurer die Flucht ergriffen hatte, mit einem herzhaften Ruck aus. Dann plötzlich kam ihm das Schwerwiegende seiner Tat zum Bewusstsein, und er erbleichte etwas.

Der Schneider schaute träumend zum Fenster hinaus und sah sich schon im Geiste in einer feinen Kutsche, vier Rappen vorn durch das Dorf jagen.

Beherzt griff der Bäcker nach der Mütze.

„Willste schunt furt?"

„'S wird Zeit!"

„Wart ok noch een bissel, ich gäb noch een Halben."

Der Bäcker atmete auf und blieb.

Nicht lange darauf ging die Tür, und der Bauer Ruffert erschien mit seinem Ingenieur im Zimmer.

„Gu'n Murgen!", rief der Schneider zu, „Murgen, Herr Lippert. Gut, dass ich Sie hier treffe."

Er ließ seine breite, mächtige Gestalt auf den Birkenstuhl fallen, dass der weiße Dielensand knirschte, und wischte sich den Schweiß von der Stirn.

Der Ingenieur, ein schlanker, gewandter Mann in der Mitte der Dreißiger mit seinen Stadtmanieren, säuberte vorsichtig den Stuhl mit dem Taschentuch, setzte sich nieder, schlug ein Bein über das andere und fuhr sich durch seinen blonden, wohl gepflegten Schnurrbart. Dann zog er ein langes, mit Schriftstücken gefülltes Couvert aus der Brusttasche seines tadellosen, schwarzen Rockes und legte es auf den Tisch.

Der Bauer bestellte zwei Glas Bier.

„Schönes Wetter heut!"

„Ja, es will noch eenmal Summer wärn. Ich bin seit heut Murgen nich aus'm Schwitzen rausgekumm. – Trinken Sie noch een Gläsel Bier mitte?"

„Freilich, freilich", lächelte der Schneider geschmeichelt.

Der Bauer bestellt noch zwei Glas Bier.

„Überdas is ooch ganz gutt, dass ich Sie hier getroffen hab. Ich mecht een Geschäft mit Ihn' machen."

„Meenen Se mich?", machte der Schneider.

„Ich mechte die vier Murgen ham, Sie wissen wull, die am Graben unten? – Ich gäb Ihn' een andersch Stick derfür, welches Sie wulln. Gäben Sie eemal die Karte här!", wandte er sich an den Ingenieur.

Der zog eine Terrainkarte des Dorfes hervor und breitete sie auf dem Tisch aus.

„Um meine Felder rum sind blaue Striche. Ich gäb Ihn' die zwölf Murgen Rübeland hier, sein Sie dermitte zufriede?"

Der Schneider starrte in die Karte hinein und umfuhr das bezeichnete Stück mit dem Finger.

„Na, wulln Sie? Wer machen dann gleich a Kontrakt."

Da stand der Schneider langsam auf. Der Bäcker folgte ihm als getreuer Schildknappe, und sagte, immer noch mit dem Finger auf der Karte: „Herr Ruffert, ´s tut mir leid, dadraus wird nischt. Ich behalte mein Acker!"

„Nanu, warum denn? Wulln Sie noch mehr?"

„Nee, gar nischt will ich; – ich verkoofe und verschachre nischt!"

Damit klopfte er kräftig mit seiner dürren Knöchelfaust auf den Tisch. Und alsbald fingen drüben die Glocken an zu singen: Der Pastor sprach das Vaterunser.

Der Schneider und der Bäcker machten, dass sie zur Türe hinauskamen; denn es war höchste Zeit.

Die beiden andern blieben ärgerlich zurück.

„Su een Schaf!", brummte der Bauer.

„Jetzt hilft bloß noch bar Geld; aber das hilft auch."

„Wer wulln eemal rausgehn. – Wie tief sein wer gestern gewäsen?"

„Hundertsiebzig Meter."

„Na, dann lus!"

Sie gingen zur Tür.

Bald darauf strömte es schwarz über den Dorfplatz herüber; die Straber sputeten sich, nach Hause zu kommen.

Die Kirchleute aber, die aus den benachbarten Dörfern waren, fielen erst noch einmal in das Wirtshaus ein, um auch mit leiblicher Stärkung versehen, ihren Heimweg antreten zu können.

Drüben in der Talsenke neben dem Kiefernbusch war das Bohrloch. Über demselben erhob sich ein leichtfertig zusammengeschlagenes Gerüst aus Balken und Brettern, welches von weitem wie ein stumpfer, vierkantiger Turm aussah. Daneben pfauchte in einem niedrigen Holzschuppen eine Dampfmaschine. Rasselnd fuhr die Bohrkette durch den Turm ab und auf. Große Haufen fetten Tones und dicker eiserner Röhren bildeten einen unregelmäßigen Wall darum. Ein Fahrweg von wuchtenden, beladenen Kohlenkasten, zerquält und zerrädert, führte von der Landstraße hinüber. Tag und Nacht stieß die Maschine ihre weißen, leuchtenden Dampfwolken durch das dünne Rohr in der Bretterwand. Tag und Nacht ächzte und knarrte die schwere, kurzgliedrige Bohrkette wie das schwere Atmen eines Riesentieres; zuerst ein langsames, tiefes, drangvolles Einziehen, dann ein scharfes, knatterndes Ausstoßen. Wie eine giftige Schlange fuhr die schwarze, rasselnde Kette in den Bauch der Erde hinein und fraß sich mit jedem Stoß tiefer und tiefer. Hinter dem Turm lag ein riesiger Haufen trockenen Sandes und zerbröckelten Mergels, den hatte die Bohrschlange schon herausgebissen.

Die beiden waren bei dem Loch angekommen. Der Maschinist kam herbei und meldete: „Einhundertachtzig Meter.“

Dann gingen sie nach dem großen Erdhaufen, den die Maschine herausgewühlt hatte.

„Immer noch der verfluchte Märgel?“, fragte der Bauer.

„Hier sind schon geringe Kalkspuren darunter.“

Damit hob er eine Handvoll Erdboden in die Höhe und ließ ihn durch die Finger gleiten.

„Die Kohln sind doch im Kalk drin?“

„Freilich, freilich“, bestätigte der Ingenieur.

„Na, dann wird's wohl nicht mehr lange dauern. Wenn wer erscht das erschte Kohlnstick ruff haben, hernach looft die Sache alleene. Da rennen uns sie Leute mit ihr'm Gelde das Haus ein.“

„Ganz gewiss.“

„Wie tief wärn wir ok noch runter missen?“

„Ja, das lässt sich schwer bestimmen. Vielleicht sind wir schon morgen am Ziele; es kann aber auch noch Wochen dauern, besonders wenn der Kalkstein fest ist.“

„'S is und bleibt eemal eene verfluchte Sache. Das Loch frisst Geld wie Siede." Dabei kratzte er sich nachdenklich hinterm Ohr.

Der Ingenieur war bei diesen Worten zurückgetreten und wechselte mit dem Maschinisten einige leise Worte, dann trat er wieder zu dem Bauern.

„Wir müssen morgen eine neue Bohrkette haben. Die alte ist schon zweimal gebrochen und zeigt wieder mehrere Sprünge."

„Wie viel macht das?"

„Sechshundert Mark."

„Zweehundert Taler. – Noch was?"

„Dann die Löhne für die vergangene Woche."

„Sind?"

„Dreihundertvierzig Mark."

„Hundertvierzähn Taler, – Dreihundertvierzähn Taler."

„Dann noch frische Kohlen."

„Gut. Ich gäb Ihn' fimfhundert Taler, dadermitte missn Sie aber die ganze Wuche reichen."

Damit machte sich der Bauer auf den Rückweg; der andere hielt sich noch ein paar Augenblicke im Bohrturm auf, gab den Arbeitern einige kurze Anweisungen und ging hastig dem Vorangeschrittenen nach.

„Wann wärn Sie nach Breslau fahren?"

„Morgen mit dem ersten Zug."

„Abends sein Sie dann wieder hier?"

„Ich weiß noch nicht, jedenfalls werde ich mich beeilen."

„Na 's is gut. Wie weit sein Sie denn mit ihr?"

„Ihr Fräulein Tochter tut alles, um mich zurückzustoßen."

„Een verpuchtes Mädel!"

„Ich glaub, sie findet bei irgendeinem andern Rückhalt."

„Was? Meine Marie? Die lässt sich mit keem ein. Suviel weß ich."

„Aber ich glaube doch nicht, dass sie mir ganz von selbst diesen Widerstand entgegensetzt."

„Oho, da kennen Sie das Mädel schlecht. Meine Tochter, wissen Se, was das heeßt."

„Gewiss, Herr Ruffert. Jeder weiß, dass Sie der klügste und tatkräftigste Besitzer des Dorfes, überhaupt der ganzen Gegend sind."

„Na, lassen Sie das." Er lächelte geschmeichelt.

„Haben Sie jemanden im Verdacht?"

„Ja, den Inspektor."

„Den Inschpekter? Warum nich gar? Den Hungerleider, der ander Leute ihr Brot frisst. Na, Sie Buhrwurm, lassen Sie sich nich auslachen."

„Aber ich glaube es ganz bestimmt."

„Na, lassen Se mich ok machen. Ich wär ihr a Kupp eemal zurechtricken. Sie wärn mei Schwiegersuhn un kee andrer, das ist bumbenfäst."

Damit waren sie ins Dorf gekommen.

Das Mittagessen war vorüber. Der Großknecht hatte soeben das kurze Schlussgebet gesprochen. Langsam entfernten sich die Dienstleute, Knechte und Mägde, aus dem großen Speisezimmer.

Der Ingenieur, der links vom Hausherrn saß, erhob sich endlich, sagte: „Mahlzeit!" und stieg nach seiner Wohnung hinauf, um seine Reisevorbereitungen zu treffen.

68

Die Küchenmagd brachte das Tischzeug hinaus.

Vater und Tochter waren allein im Zimmer.

Die Tochter, welche den Platz rechts vom Vater innehatte, fuhr in Gedanken versunken mit der Hand über den Tisch, sah zu dem Alten auf, der hartnäckig schwieg, und sagte: „Was willste vo mir?"

Der Bauer regte sich nicht. Er tat, als ob er nichts gehört hätte. Schweigsam saßen sie bei einander.

Die Tochter war eine hohe, kraftstrotzende Gestalt, die in ihren Gesichtszügen große Ähnlichkeit mit dem Vater besaß. Der energische Zug, der sich in einer scharfen Kinnlinie verdichtete, trat bei ihr noch deutlicher hervor als bei dem Alten.

Ihr lichtblondes Haar lag in dicken Zöpfen um ihren Kopf herum. Die Knöchel ihrer Handgelenke waren fest und geschmeidig. Selbstbewusstsein atmete jede Fiber ihres Körpers.

Schon seit ihrem sechzehnten Jahr, seit dem Tod ihrer Mutter, war sie auf dem Hof die Bäuerin. Der Bauer, der einen Sohn vielleicht geliebt hätte, verspürte zu seiner Tochter keine große Zuneigung. Er ließ sie aber im Haus frei schalten und walten. Und als er drüben mit den Kohlen angefangen hatte, da musste sie auch noch für die Bestellung der Felder sorgen.

Plötzlich wendete der Alte den Kopf.

„Hast du was mi'm Inschpekter vo drieben?"

„Mi'm Inschpekter? Ich hab mit keen Menschen was."

„Na, un warum willste vo unserm Inschenjeur nischt wissen?"

„Den Stadtmensch mag ich eemal nich."

„Su! Un wen willste denn da? Mit dir iss doch balde Zeit, dass de dich verheirat'st."

„Ich kann warten, biste deine Kohln gefunden hast."

„Was giehn dich enklich meine Kohln an? Kimmer dich um deine eegnen Sachen", schrie der Bauer, über und über rot vor Zorn.

„Na, un das Heiraten is ooch meine eegne Sache, denk ich." Damit war sie aufgestanden und wollte hinausgehen.

„Hier bleibste, du sakermenschtes Mädel!", fuhr der Alte erbost in die Höhe und donnerte mit seiner schwieligen Faust auf die Tischplatte. „Hier bleibste, weeßte nich, dass ich dei Vater bin?"

Sie setzte sich wieder. Gleich wurde er auch ruhiger.

„Na, Marie, du bist doch immer een ganz verninftiges Mädel gewesen. Wenn wer de Kohle finden, dann wärn wer reich, baun uns eene Filla, fahrn vierspännig. Du kriegst feine Kleeder und Hütte und alles, waste willst. Arbeeten brauchen wer dann überhaupt nischt mehr. Und dann willste dir so een elendigen Furchenträter nähm', wie a Inschpekter? Dann biste eene feine Dame und brauchst een feinen Mann."

„Du meenst a Inschenjeur?"

„Ja, das is een feiner Kerl. Wenn ich een Mädel wär, ich heirat' ihn uff der Stelle. Un noch was: in unserm Kontrakt haben wer halbpart gemacht. Jeder kriegt die Hälfte von a Kohln. Heirat'st du a Inschenjeur, su kriegste alles, mein Teel, weil du meine Tochter bist, und sein Teel, weil du seine Frau bist."

„Sag blußig, Vater, meenste noch immer, du findst de Kohln?"

„Kummste mer schunt wieder dermitte? Das weeß ich, dass du die ganze Sache fürn Schwindel hältst. Darüber streit ich nich mehr mit dir. Du wirscht schunt sähn."

„Aber a Inschenjeur mag ich nich."

70

„Na, ich wär dir was sagen. Finden wer de Kohln, dann nimmste a Inschenjeur, finden wer nischte, dann magste heiraten, wen du willst, meinswägen a Inschpekter."

Die Tochter schwieg und sah lange und nachdenklich auf das weiße Zifferblatt der Wanduhr.

„Willste mir das versprächen?"

„Ja!", sagte sie nach einer kleinen Weile.

Am Dienstagmorgen war der Ingenieur noch nicht wiedergekommen. Als am Abend immer noch jegliche Nachricht von ihm fehlte, wurde der Bauer unruhig. Am nächsten Morgen wusste er, das er ihn und die fünfhundert Taler nicht mehr wiedersehen würde.

„Ich hab dersch gleich gesagt, dass es een Schwindler is. Wenn dich de Leute nu auslachen, musste dersch gefallen lassen."

„Auslachn? Kann ich was derfür, dass der Kerl een Dieb is? Meenste, ich loof ihm nach? Die fünfhundert Taler machen mich nich arm."

„Da haste recht! Un de Maschine nähm wer rein in a Hof, wer könn sie ganz gut zum Dreschen gebrauchen."

„Du bist wull verrickt! Die Maschine bleibt draußen und gebuhrt wird weiter. Ich versteh die Geschichte ooch su gutt wie een Inschenjeur."

„Was? Willste noch mehr Geld in das Luch reinschmeißen? Nee, daraus wird nischt, daraus wird reen gar nischt. Du willst uns wull doch noch beede an a Bettelstab bringen."

„Papperlepap! Räd nich so tumm! Ich brauch keen Vurmund, ich weeß noch, was ich tu."

Mit diesen Worten wendete er sich kurz von ihr ab.

Sie stand wie versteinert, jeder Muskel gespannt, und sah ihm nach. Damm wieder holte sie, zischend vor Zorn, seine letzten Worte: „Ich weeß ooch, was ich tu."

Am selben Nachmittag musste die Bohrarbeit infolge Mangels an Kohlen eingestellt werden. Der Maschinist und die anderen beiden Arbeiter legten vor das Tor ein riesiges Vorhängeschloss und gingen nach dem Hof, um sich den Lohn, mit welchem der Betrüger geflohen war, auszahlen zu lassen.

In drei Tagen sollten sie wiederkommen, da würden die Kohlen da sein.

Um Mitternacht sah der Wächter Feuerschein. Er stieß in seine kurze, heulende Hornpfeife ohne Unterlass, dass die scharfen Töne einander ruhelos um die Gehöfte herumjagten, bis in denselben das Leben erwachte.

Im Galopp sprengte ein Gespann Pferde herbei, klirrend schleiften die Ketten hintennach. Auf dem einen saß der Knecht, der sie anspornte. Der Wächter hatte die Tore des Schuppens schon geöffnet und den schweren Wasserwagen hervorgezogen.

„Wo brennt' s?", schrie der Knecht.

„In Maltschütz!" Der Wächter wies nach der Richtung des Feuers. Hinter dem schwach gewölbten Rücken des Hügels glühte der Himmel. Von Minute zu Minute wuchs der rote Schein.

Längst waren die Schöpfleute an der Arbeit. Heulend kreischte der Pumpenschwengel unter vier kräftigen Fäusten.

Die Ledereimer schwangen sich im Gleichtakt vom Pumpen-rohr zum Wasserwagen, der, ein kurzer abgestumpfter Kegel, auf zwei großen Rädern breitprotzig dasaß.

In kurzer Zeit war die Arbeit getan. Der Deckel klappte zu, die Eimerleute sprangen hinten und vorn auf die Trittbretter, die Pferde zogen mit einem gewaltigen Ruck an, und es ging die Quergasse auf Maltschütz hinaus, dass das Wasser klatschend gegen die Deckel schwappte.

Als sie auf der Höhe des Hügels angelangten, merkten sie, dass das Feuer noch vor dem Wald war.

„Der Kohlenturm brennt!" Der Kutscher zeigte mit der Peitsche in die Talsenke hinunter, die sich bei der Biegung des Weges vor den Blicken auftat.

Gleich drauf kam die Spritze von Maltschütz angerasselt. Die Eimerleute stellten sich in zwei Reihen auf, die Spritzen-leute griffen an die Hebelstangen, und der Strahl zischte ins Feuer.

Was half es? Wurde an einer Stelle die Flamme erdrückt, lohte sie an der entgegengesetzten Seite umso heller empor.

Der Turm war verloren.

Jetzt richtete sich der Spritzenmund gegen den Schuppen. In welchem die Maschine stand. In wenigen Minuten triefte er von Wasser.

Da kam jemand quer über die Felder gelaufen, atemlos mit flatternden Haaren.

„De Maschine muss raus!", hörte man schon von weitem schreien.

„De Ruffert Marie!", murmelten die Leute.

„De Maschine muss raus!", schrie sie noch einmal, als sie ganz nahe war.

Keiner rührte sich.

„Der Turm wackelt schunt!"

Da griff sie nach der Kette und lief unbekümmert um den schwankenden Turm.

„Bringt de Färde ran!"

Einige Beherzte halfen ihr das Tor sprengen, dann wurde die schwere Kette um den Hacken der Deichsel gelegt und die vier Pferde vorgespannt.

Knacksend riss das Dampfrohr, als die Tiere die schwere Dampfmaschine durch den weichen Ackerboden den Hügel hinaufzerrten.

Mit einem Mal rasselte durch den Turm ein unheimliches Knattern und Rollen. Das Feuer hatte die Sperrung der Kette gelöst und jetzt fuhr die glühende Schlange züngelnd in den schwarzen Schlund hinein, welchen ihr nimmermüder Zahn gebissen hatte.

Das Schwanken des Turms nahm fortwährend zu. Schon wichen die Menschen im großen Bogen zurück. Da neigte sich das Holzgerüst auf die Seite und stürzte mit Gekrach nach unten, den Maschinenraum unter seiner Wucht zermalmend. Nun loderten die Flammen von neuem auf.

Die Spritze aus Maltschütz rückte ab. Die Leute aus Strabe, die herbeigeeilt waren, um das Schauspiel mit anzusehen, gingen wieder heim.

Endlich rollte auch der Wasserwagen mit den Eimerträgern davon.

Auf der Deichsel der Dampfmaschine saß aufrecht die Gestalt des Mädchens und schaute ruhigen Blickes in die Flammen hinüber, welche zwischen den schwarzen Holzbalken hervorzuckten. Über den Berg kam jetzt ein Knecht mit vier Pferden.

Sie hatte ihn gleich hineingeschickt, um die Maschine noch dieselbe Nacht auf den Hof führen zu können. Bald ratterte der schwere Eisenkessel den Feldweg hinauf, der über den Hügel hinweg nach dem Dorfe führte.

Oben wurde Halt gemacht, und die Pferde durften etwas verschnaufen. Das Mädchen ging einstweilen voraus.

Plötzlich stockte ihr Fuß. Auf dem ausgetretenem Fußsteig, welcher in seichten Schlangenwindungen neben dem Fahrweg dahin kroch, lag eine leblose Gestalt am Boden.

Von einer bangen Ahnung gepackt, kniete sie nieder und erkannte ihren Vater, der hier oben beim ersten Anblick des brennenden Turmes zusammengesunken sein musste.

Der Knecht, welcher gleich darauf mit der Maschine vorbeikam, hielt mit einem wilden Ruck die Pferde an.

„Der Vater", sagte sie tonlos, „fahr nunter und kumm schnell mit' m Kurbwagen raus!"

Der Knecht peitschte auf die Pferde ein und verschwand in der Finsternis.

Sie bettete den Vater in ihre Arme und horchte nach seinen Pulsschlägen. Er lebte noch, sogar seine Brust hob und senkte sich, wenn auch nur wenig. Mit ihrer Rechten griff sie ins taufeuchte Gras, riss ein Büschel aus und feuchtete ihm damit die Stirne und die Schläfen.

Dann saß sie still und ließ ihre klaren Augen auf dem glimmenden Balkenhaufen ruhen, der unten in der Talmulde unsicher flackerte.

Der Alte machte plötzlich eine leise, zuckende Bewegung.

Er schlug die Augen auf.

„Bist du' s Marie?"

„Ja, Vater, sei stille, du bist krank!"

„Brennt' s noch?"

„Ja, 's is aber balde zu Ende."

„Meine Kohln, meine Kohln", wimmerte der Alte. Die Kraft, die bis dahin in dem Riesenkörper gewohnt hatte, war gebrochen. Nur ein düsteres Flackern zeigte noch die Fackel seines Lebens.

„Sei doch stille!" Sie sprach zu ihm wie zu einem fiebernden Kinde.

„Siehste, siehste, wie meine Kohln brenn? Da, da!" Seine Augen verschlang fast die Brandstelle, welche schwach durch das Dunkel leuchtete.

Sie legte ihm die Hand über Stirn und Augen. Er wurde ruhiger.

„Sei stille, sei stille, de Maschine is nich mit verbrannt."

„Nich?" Seine Augen leuchteten empor. „Da kenn wer ja schunt murgen wieder anfangen mi' m Baun."

„Dermitte is aus, Vater, du weeßt, dass das Ding nich versichert war."

„Hast recht, hast recht, nicht versichert! Aber mit sechstausend Taler wär ich' s schunt machen kenn. Wer missen halt ne Hipothek uffnähm."

„Nee Vater, lass das sein, du findst da unten blußig Sand."

„Tummes Weib, meng dich nich in meine Sachen, da verstiehste nischte."

„Vater!"

„Lass mich! Ich muss die Kohln finden, un wenn ich mein´ letzten Taler hingäben sullte; ich muss se finden, un se sein unten, ich hab se selber gesähn."

„Vater, du hast sie gesähn?"

„Ja, mit eegnen Oogen, da tief, tief unten, schwarz und dick und –"

„Du redst ja wie im Troome!"

„Lass mich! Hilf mir uff, ich muss nunter zu meine Kohln." Er machte ein paar unsichere, tastende Bewegungen; aber er konnte nicht empor. Sie musste ihn stützen.

Kaum stand er auf seinen Füßen, da wollte er hinab nach der Feuerstätte.

„Du kummst mit nach Hause, du bist krank und lägst dich ins Bätte! Dun runter kummst du nich mehr, su lange ich noch een Finger krumm machen kann. Un murgen wird das Zeug weggeräumt, un das Luch luss ich zuschitten. Das fählte mir grade noch, dass de Geschichte wieder anfängt."

Der Bauer hatte sich von ihr losgerissen und war zurückgetaumelt.

„Du, du, du freust dich wull, dass mir das Feuer die Kohln wegfrisst, du –"

„Sei stille, un schimpf nich. Meenste, ich kann mir das mit ansähn, wenn du immer tausend Taler nacheinander da rein schmeißt? Noch derzu vo Mutters Gelde! Und dermit du's weeßt, ich habe das Ding da unten angezinnt, ich ganz alleene."

Der Bauer stand und starrte sie mit weitaufgerissenen Augen an, deren Weißes schreckhaft durch die Nacht blinkte. Dann ballte er die Fäuste und stürzte auf sie zu. Unverständliche Laute brachte er hervor. Schaum trat auf seine Lippen.

„Du Mordbrennerin!", keuchte er und fasste mit seinen krallenden Fingern nach ihrem Hals. Sie wich zurück und stieß ihn mit ihren nervigen Armen vor die Brust.

Da taumelte er plötzlich rückwärts, ein Blutstrom schoss ihm zwischen den Lippen hindurch. Sein Herz stand still, und er schlug dumpf zu Boden, mit dem Gesicht nach unten.

„Vater, Vater!"

Aber er hörte sie nicht mehr. Wie bewusstlos warf sie sich auf den Alten, und ihr Körper zuckte unter tiefen Schluchztönen.

So fand sie der Knecht, der mit dem Wagen den Kranken abholen kam.

6. Der Schwarzritter

Auf dem Anger hinter dem Dorf spielten die Kinder.

Es war im Mai, die Weidenbäume standen im frischgrünen Blätterschmuck, schon flirrten die abgeblühten Kätzchen hier und da in das spärliche Gras hernieder. Die Mittagssonne brannte den faulen Maikäfern, die droben im grünen Laub hingen, auf die braunen Röcke, malte goldene Flecke und Kringel an die grauschwarzen Stämme und küsste und streichelte die jungen, sauberen, gelbblonden Gänschen, die um ihre schmutzige Alte herumsaßen, hin und wieder an einem Grashalm zupften und dazwischen mit ihren zarten Stimmlein piepsten.

Es saßen unter den biegsamen Ruten der kurzen, dicken Weidenstämme sechs solche kleine Gänseherden. Ihre Hirten lagen sorglos in der Mitte und spielten. Es waren sieben blonde Jungen von zehn bis zwölf Jahren. Sie spielten: „Messerle pink!"

In der Mitte war ein faustgroßes Loch. Von diesem gingen strahlenförmig nach den beiden Seiten sieben Reihen kleinerer Löcher. An dem Ende einer jeden Lochreihe hockte einer der Spielenden. Ein Hölzchen, welches in einem der kleinen Löcher steckte, bezeichnete den Punkt, bis zu welchem der Spieler nach der Mitte vorgeschritten war. Wer zuerst mit seinem Hölzchen in dem Mittelloch war, war „heraus", die übrigen spielten weiter; der letzte musste zur Strafe „suchen" gehen.

Gespielt wurde mit einem Taschenmesser. Jeder musste es der Reihe nach einmal in die Höhe werfen, dass es sich in der Luft mehrmals überschlug. Dabei sagte er, gleichsam um das Messer für seine Zwecke umzustimmen: „Messerle pink, pink!".

Fiel es nun so, dass das Schmiedezeichen der Klinge nach oben kam, so durfte er ein Loch weiter nach der Mitte rücken. Wies die leere Messerseite nach oben, musste er in seinem Loch bleiben.

Dabei galt es, die Augen offen zu halten. Wie leicht konnte das Messer im letzten Augenblick durch einen leichten Stoß gewendet werden, wie leicht konnte einem Unaufmerksamen sein Merkhölzchen ein Loch zurückgesteckt werden!

„Ich bin schunt wieder fertig!", rief einer und sprang empor. Es war ein schlankes Bürschchen von zwölf Jahren. Seine strohblonden Haare standen wie die zerzausten Äste eines Weißdornstrauches nach allen Richtungen. Ein paar dünne, sehnige Arme staken aus dem blauen Hemd, ein paar nackte, stramme Beinchen aus der kurzen Hose hervor.

„Er hat wieder gemogelt!"

„Ich? Ich habe gemogelt?"

„Du kannst giehn, du derfst nich mehr mitspieln."

„Ich hab nich gemogelt!"

„Wull! Du bist wieder zwee Lecher uff eemal weitergehuppst!"

„Is nich wahr!"

„Du Liegenmaul! Wenn de nich gleich giehst, kriegste Dresche!"

„Aber mei Messer will ich wieder haben", damit lief er zu dem, welcher das Messer in der Hand hielt, und riss es an sich.

„Das Messer haste gestohln!", schrie ihn der Größte an, ein langer Bengel von zwölf Jahren. „Meim Unkel haste das Messer gestohln, du Dieb, du Räuber!"

Der kleine stand ruhig an einem Weidenbaum, die Zähne aufeinandergebissen, das Messer in der Faust.

„Giebste das Messer här!"

Die grauen Augen des Kleinen funkelten, aber er rührte sich nicht.

„Ich hab's gleich wieder erkannt. Mein Unkel sei Messer sag ooch su aus, un nu is weg." Die Rede richtete sich mehr an die andern, die unbeteiligt am Boden umher hockten.

„Giebste' s gleich här!"

„Kumm, hull dirsch doch!", höhnte der vom Baume her.

„Kummt, wir wullen alle ibern härziehn, ihr halt ihn fäst, und ich nähm ihm 's Messer weg."

Die andern ließen sich das nicht zweimal sagen. Sie sprangen auf und stürzten sich auf den Kleinen, allen voran der Lange.

Ehe er aber noch zufassen konnte, brüllte er auf und taumelte hinkend zurück. Der Kleine hatte ihm das Messer in den Oberschenkel gebohrt und stand regungslos am Baum, mit hochroten Wangen und fliegendem Atem. Das Messer hatte sich durch die Wucht des Stoßes zusammengeklappt und dabei eine lange, tiefe Wunde in den Zeigefinger gebissen, der sich krampfhaft um die Klinge schloss. Große, rote Blutstropfen rannen von der Stelle aus die Messerscheide entlang bis zur Spitze hinab, schwankten dort einen Augenblick zitternd hin und her und fielen in das grüne Gras.

Der Kleine schien es nicht zu fühlen. Mit seinen trotzigen Augen empfing er die andern, die nun mit Wutgebrüll, welches der Schenkelwunde angestimmt hatte, auf ihn los fuhren, alle zu gleicher Zeit.

Ein paar Hände griffen nach dem bewaffneten Arm, einige wühlten sich in den blonden Haarbusch, andere rissen den Kleinen an den Kleidern zu Boden. Ein Mutiger entwand ihm das Messer.

Ein wirrer Knäuel von nackten Armen und Beinen, krallenden Fingern und Zehen und flatternden, zerzausten Haarsträhnen wälzte sich am Boden umher.

Endlich hatten sie ihn unten.

Zehn Fäuste fielen wie die Hämmer eines Pochwerks ununterbrochen auf Kopf, Nacken, Rücken und Beine herunter.

Alles das geschah wortlos, nur einige Seufzer der Anstrengung und das fortgesetzte Gebrüll des Verwundeten, der gekrümmt am Boden lag und seine Hände gegen die Wunde presste, ließen sich hören.

Der Besiegte rührte keinen Muskel. Er lag mit dem Gesicht nach unten, um es vor den Schlägen, die infolge seiner Hartnäckigkeit mit wachsender Wut niedersausten, zu schützen.

Aber kein Laut entschlüpfte seinen Lippen.

Ein paar Furchtsame hörten auf. Er lag wie tot. Endlich ließen sie ganz von ihm und scharrten sich um den Verwundeten, der vergeblich das Blut, welches ihm über die nackte Wade lief, zu stillen suchte. Das Wutgebrüll, das er bisher ausgestoßen hatte, wurde unter den besorgten Augen und tastenden Fingern der andern zum angstvollen Stöhnen und furchtzitternden Wimmern.

„Wer missen ihm die Hose runterziehn!"

Ein paar schnelle Finger griffen zu. Der Lange schrie, als wenn es um sein Leben ginge. Die Wunde zeigte einen langen, tiefen Spalt, aus dem das Blut in drängenden Wellen rann.

„Hat eens een Schnupptichel da?"

Ein zerknülltes, rotes Tuch mit einem schreienden Muster kam zum Vorschein. Es schien am wenigsten seinem eigentlichen Zweck gedient zu haben.

Einer wollte es um die Wunde legen.

„Erscht een paar Wegerichblätter!"

Zwei Jungen liefen nach den breiten, kühlenden Blättern, die hie und da über den schlammgrauen Grund grüne Rosetten gemalt hatten.

Behutsam wurden die kalten Blätter auf den Schmitt gepresst; dann kam das Tuch darüber. Die Blutung wurde zusehends schwächer.

Angst aber hatten sie alle.

„Ob's schlimm is?"

„Wuher ok, meim Vaoter haot emol ee Ühse gestussen, uff dieselbige Stelle, un geblut hat's viel mehr."

„Hab keene Angst, du wirscht nich sterben!", tröstete einer den Verwundeten, der vor Ermattung und Blutverlust den Kopf auf die Schulter sinken ließ.

„Sterben?", fragte er tonlos, und sein Auge wurde weit und starr.

„Zieh dir ok de Hosen wieder an!", mahnte ein anderer. „Du kennst dich verkiehln."

Sie mussten ihn fast in die Beinkleider hineinheben, so schwach und hilflos war er.

„Wu is er denn?"

„Is er weg?"

„Ja, durt drieben hingerm Boome sitzt er."

Während die anderen um den Verwundeten beschäftigt waren, hatte der Übeltäter leise den Kopf gehoben und hinübergeblinzelt. Dann hatte er sich lautlos emporgerichtet, nach dem Messer gegriffen, das von Blut besudelt in Armeslänge von ihm im Gras lag, und war davongeschlichen, ohne dass die anderen es bemerkt hatten.

Nun saß er etwa hundert Schritte entfernt und wand sich ein Stück Leinwand, das er vom Hemd abgerissen hatte, um die Wunde seines Zeigefingers.

„Du Räuber!", brüllte eins herüber.

„Mörder!"

Einer wollte es dem anderen zuvortun. Die bösen Schimpfworte stießen sich an den grauen Weidenstämmen fast die Köpfe ein, in solcher Hast und Menge wurden sie auf ihn losgeschleudert.

Vorerst klang aus ihnen nur Wut und Groll.

„Schwarzritter, Schwarzritter!"

Das erlösende Wort war gefunden. Verachtung und Hass sprühte daraus. Wie der Biss einer Natter wirkte es auf den Kleinen. Er sprang empor, ballte die Fäuste und drohte hinüber.

Und immer lauter und reißender prallten ihm die Rufe entgegen: „Schwarzritter, Schwarzritter!"

Tränen der Wut und der Ohnmacht traten ihm in die Augen. Dann wandte er sich zum Gehen, dem Teil des Dorfangers zu, dessen alte, verfallende Sandlöcher mit dicken, dichten Weidenbüschen besetzt waren.

„Murgen in der Schule wirste schunt wieder Priegel kriegen, wer sagen's dem Lährer." Das traf noch sein Ohr, dann war er im Dickicht verschwunden.

84

Die andern gingen heim und schleppten den Verwundeten mit sich.

Vor elf Jahren hatte man ihn gefunden im Straßengraben, in der Nähe der neu erbauten Kasernen der benachbarten Stadt, ein Soldatenkind, von der verzweifelten Mutter verlassen. In einer grauen Pappschachtel lag der kleine Weltbürger und visitierte mit seinen kurzen Fingerchen angelegentlich seine beiden großen Zehen. So fand ihn der alte, graubärtige Gemeindebote, der mit seiner großen Aktenmappe am frühen Morgen nach der Kreisstadt ging. Er hob den seltenen Fund etwas mürrisch und steifbeinig empor, machte kehrt und brachte ihn ins Dorf zurück.

Großer Dank wurde ihm dafür nicht; denn der Gemeindevorsteher fuhr ihn an, warum er das hungrige Maul nicht nach der Stadt gebracht habe.

Der erschrockene Bote murmelte etwas von „Dorfgebiet" wie zu seiner Rechtfertigung. Aber damit stach er erst recht ins Wespennest. Wie er überhaupt dazu käme, eine amtliche Handlung – das bezog sich auf den Gang nach dem Kreisamt – wegen einer solchen Dummheit zu unterbrechen; er solle sich sofort davonscheren.

Das Kind blieb einstweilen bei dem Gestrengen.

Das war ein böser Anfang. Aber wer füttert gern anderer Leute Kinder, womöglich unehrliche Kinder. Und unehrlich war es gewiss, sonst hätte es schon einen Namen gehabt.

Die Frau des Dorfboten, der gleichzeitig Nachtwächter war, erbot sich, den Knaben aufzuziehen. Er bekam auch den ehrlichen Namen seines Pflegevaters. Solange die alte Frau lebte, ging es gut; als sie sich aber hinlegte, um nie mehr aufzustehen, gingen schlimme Tage an. Der Alte konnte den lebhaften Jungen nicht regieren; denn erstlich nahmen ihn seine Ämter Tag und Nacht in Anspruch, und dann war er in den Jungen vernarrt und guckte ihm deshalb stets durch die Finger.

Von allen anderen Leuten im Dorf hierhin und dorthin gestoßen, wegen seiner Eigenheiten gehasst und verfolgt, blieb er von morgens bis abends sich selbst überlassen.

Bald klebte auch ein Schimpfname an ihm.

Den gesamten Hass und die tiefste Verachtung, welche die ehrlichen Leute gegen das Landstreicherkind hatten, presste sich in das eine Wort: „Schwarzritter!"

Dicht an der Stelle nämlich, an der er damals gefunden worden war, stand ein kleines Gehölz von Birken, Erlen und Akazien, welches „der schwarze Ritter" hieß.

Als er zur Schule kam, wurde es ein wenig besser. Zunächst fesselte ihn die neue Umgebung. Aber der Schneckengang des Wissens langweilte ihn bald, und die Zucht der Schule war auch nicht nach seinem Geschmack. So kam es, dass er sich beiden entzog. Ganze Wochen lang war sein Platz auf der letzten Bank leer, besonders im Sommer. Dann zog er es vor, durch die Felder und Büsche zu streifen, sein Nachtquartier unter freiem Himmel aufzuschlagen und seinen Unterhalt sich zu erbetteln oder zu erstehlen.

Trieb ihn dann ein tüchtiger Landregen ins Dorf zurück, so empfing er vom Lehrer wie von den Bestohlenen seinen Lohn.

Prügel waren überhaupt das Grundelement seines Lebens. Wer ihn traf, gab ihm einen Tritt. Begegnete er einem Kutscher, so knallte ihm dieser die Peitsche um die nackten Waden.

War irgendwo ein kleiner Diebstahl verübt worden, so konnte man mit Sicherheit auf den Schwarzritter schließen. Er kannte jedes Haus vom Keller bis zum First. Jeder Speisekammer hatte er schon Besuche abgestattet. Von jedem Gartenbeet, von jedem Obstbaum wusste er genau die Zeit der Ernte.

Er stahl nicht nur für seinen augenblicklichen Bedarf, sondern er war nebenbei stets darauf bedacht, seine Vorratsräume zu füllen. Wo er sie anlegte, wusste kein Mensch außer ihm. Von diesen Vorräten nährte er sich in Zeiten der Freiheit.

Der kleine Messerheld war bei seiner Haupthöhle angelangt. Im hintersten Teil des Dorfangers, den Weißdorn und Schlehen, Brombeeren und Brennnesseln zu einem fast undurchdringlichen Dickicht gemacht hatten, lag tief versteckt eine große, alte Kiesgrube. Hier und da wucherten ein paar wirre Grasbüschel, Huflattichblätter und Hungerblümchen. Die Nordseite zeigte eine schräge Fläche weißen, wuchslosen Sandes. Jeder geringste Windstoß löste am oberen Rand ein paar Sandkörner los, dass sie die schräge Wand herabrieselten. So war es gegangen, schon Jahre über Jahre. Tief unten am Fuß der Südseite ruhte versteckt zwischen saftigen Uferpflanzen ein kleiner, grüner Tümpel, über dessen stiller Oberfläche zwei weiße Froschkehlen vergeblich nach der Sonne blinzelten. Nie trafen ihre Strahlen diesen Teil des Grundes.

Der Schwarzritter sprang über den Nordrand mit tapferen Schritten in die große Grube hinein. Dann querte er mitten hindurch und kletterte an der entgegengesetzten Seite wieder empor. Dort schaute er zurück und verfolgte seine Fußspur, die deutlich zu erkennen war: Drüben die großen Löcher im weißen Sand, unten die Abdrücke der Füße im feuchten, schlammigen Boden. Nun schritt er am oberen Rand herum, vorsichtig die stacheligen Zweige zurückbiegend, machte er an der Westecke halt und sprang plötzlich den vier Meter hohen Abhang hinunter.

Leicht und sicher war der Sprung, er schien ihn schon öfters getan zu haben.

Plötzlich war er in der Erde verschwunden, nur ein ganz kurzes, leichtes Schwanken des Wurzelgeflechts, welches in dieser Ecke frei herunterhing, war an der Stelle zu bemerken.

Das war der Eingang zu seiner Höhle. Zunächst kroch er eine kurze Röhre entlang, welche in einem kleinen beinahe kugelrunden Raum endete. Die Luft war feucht und frisch.

Ein Streichholz flammte auf; damit entzündete er ein dickes Kirchenwachslicht, welches in der Mitte der Decke an drei zusammengebundenen Wurzeln hing. An dieser Stelle war die Höhle so hoch, dass er aufrecht darin stehen konnte.

Das Licht verbreitete eine angenehme Helligkeit. Wie zarte Portieren hingen die Wurzeln von der Decke herab. Er hatte sich wohl gehütet sie zu zerschneiden, waren sie es doch, welche das Dach trugen. Trockner, weicher Sand war über den Boden gestreut. Am Rand lagen ein paar wollene Pferdedecken. Dicht dabei stand eine kleine Truhe.

Der Schwarzritter wühlte auf der anderen Seite der Höhle in allerhand Esswaren herum, die in Papier oder Leinwandfetzen gehüllt waren oder auch offen dalagen.

Bald saß er auf seiner Lagerstatt, in der einen Hand ein Stück Brot, in der anderen ein Stück saftigen Speck haltend und biss abwechselnd in eines und das andere. Als er seine Mahlzeit beendet hatte, klappte er den Deckel der Truhe auf, entnahm derselben eine Flasche mit Branntwein und trank einen herzhaften Schluck. Dann schaute er in die Truhe hinein. Drinnen lag Geld, viel Geld, Taler und Markstücke und Nickelmünzen.

Wenn sie erst voll sein wird, dann wollte er fort, fort nach Amerika oder irgendwo.

Er löschte das Licht, hüllte sich sorgsam in die Decken ein und schlief bald den gesunden Schlaf der Jugend.

Gleich darauf huschten ein paar Feldmäuse aus dem Loch neben den Nahrungsvorräten und machten sich sorglos an das knusperige Brot, an den fetten Speck und an die gebackenen Pflaumen heran.

Plötzlich wurden draußen Stimmen und Schritte laut. Von allen Seiten näherten sie sich der Grube. Bald tauchten hier und da blonde Köpfe aus dem grünen Gebüsch. Die Jungen machten wieder einmal Jagd auf den Schwarzritter. Heute aber hatten sie zwei Anführer: den Gendarm und den Lehrer. Durch die Zweige spitzte eine Helmspitze, ein Säbel rasselte, und die Kiesgrube war dicht umlagert.

„Hier ist er wieder!", schrie ein luchsäugiger Junge, der die tiefen Fußspuren in der glatten Sandwand entdeckt hatte.

Wie ein Rudel hungriger Wölfe wollten sich die Kinder auf die Fährte stürzen.

„Halt!", schrie da der Gendarm. „Alle bleiben oben; ihr zertrampelt sonst die Fährte."

Der Gendarm und der Lehrer stiegen allein hinab. Ersterem machten die großen Sporen viel Beschwerden, da sie sich tief in den Sand hinein bohrten.

„Ein verteufelter Junge!", brummte ärgerlich der Lehrer.

„Wir werden ihn schon kriegen", tröstete ihn zuversichtlich der andere.

Sie verfolgten die Spuren über den Grund der Grube bis zur anderen Seite.

„Er ist hier wieder hinaufgeklettert", machte der Lehrer.

„Richtig!"

„Aber warum der Junge nur mitten durch die Grube ging?"

„Am Rande stehen wohl die Sträucher zu dick."

„Es scheint so."

„Er wollte uns hinters Licht führen, verstehen Sie das nicht?"

„Ja, ja", brummte nachdenklich der Lehrer, obgleich er es nicht recht verstand.

Sie kletterten den Fußspuren nach bis zum oberen Rand. Hier verloren sie sich im Gras.

„Nun sind wir ebenso klug wie vorher."

„Nicht doch, wir treiben das nächste Terrain ab. Hier ist er nicht, soviel steht fest."

Er winkte den Jungen: „Weiter!"

Bald war es wieder still.

Die Mäuslein unten in der Höhle hatten sich nicht einmal in ihrem Schmause stören lassen.

Nacht war es. Die beiden Frösche des Tümpels hatten eben ihr Konzert beendet. Sprühende Johanniswürmchen schwirrten durch die taufeuchten Grashalme. Die Sterne funkelten wie glitzernde Pünktchen am blauschwarzen Himmel. Eine Grille zirpte ohne Rast und Ruh.

Da bewegten sich die hängenden Wurzeln und der blonde Kopf des Schwarzritters forschte mit schlaftrunkenen Augen durch die träumende Nacht.

Dann schlich er zum Wasser, erfrischte sich Gesicht und Hände an dem kalten Nass und verschwand nach der Höhle zu.

Nach mehreren Stunden kehrte er beladen heim, brachte seine Schätze in Sicherheit und eilte noch einmal davon.

Es dämmerte schon am Horizont. Zarte Morgennebel flatterten aus den Büschen und Bäumen und verschwebten leichten Tanzes ins Nichts.

Im Dorf war es lebendig geworden. Die Hähne krähten an allen Ecken und Enden. Die Kühe brüllten nach Futter. Hier und da kreischte laut und gellend ein Pumpe.

Schon rasselte der erste Wagen mit den frischgefüllten Milchkannen die Straße hinunter der Stadt zu. Die großen Hoftore öffneten gähnend ihren Rachen. Glühend schwamm die Sonne empor und trank die rosigen Morgenwolken.

Zwei leere, niedrige Bretterwagen polterten aus einem der geöffneten Tore heraus. Jeder mit zwei schweren, braunen Ackerpferden bespannt. Zwei Knechte, lange gebräunte Gestalten, saßen droben und knallten mit der Peitsche.

Im scharfem Trabe ging´s die Straße herauf, zum Dorf hinaus und rechts ab zum Dorfanger.

Ein verwilderter Weg, den einzig zwei alte überwucherte Wagengleise kennzeichneten, schlängelte sich an knorrigen Sträuchern und offenen Sandgruben vorbei. Die Pferde zogen die Wagen langsam und vorsichtig hügelauf und hügelab.

Endlich standen sie. Die grüne Wildnis hatte an dieser Stelle den schmalen Weg verschlungen. Stachlige Schlehen und kratzende Brombeerranken bildeten hier eine Mauer. Die Knechte sprangen ab, fassten die Beile und drangen unter wuchtigen Hieben vorwärts. Links und rechts fielen Zweige und Ranken und Strauchstämmchen.

Schritt für Schritt folgten ihnen die Pferde.

Endlich waren sie an der großen, alten Kiesgrube, und zwar an deren Südseite angelangt. Jetzt bahnten sich die beiden einen Weg am Rande des tiefen Loches dahin, um zur Nordseite zu gelangen, an welcher der weiße Sand lag.

Prasselnd fielen die grünen Hindernisse zum Grund hinab.

Es ging bergan. Wuchtig legten sich die Pferde in die Geschirre und zerrten die Wagen empor. Dumpf erdröhnte die Erde unter den stampfenden Hufen.

Bald war die Arbeit mit der Schaufel in vollem Gang. Der eine der Knechte stand etwas unterhalb des Randes, tief in der schrägen Sandebene, und warf Schaufel für Schaufel des weißen Geriesels auf den Rand der Grube hinauf. Hier hatte der Zweite Fuß gefasst und verlud die Last auf die Bretter der Wagen.

Keiner sprach ein Wort. Bedächtig und kraftvoll pendelten die Arme auf und ab.

Da schob sich drüben ein Kopf leise und vorsichtig durch die Zweige: der Schwarzritter. Sein Beutezug war vergeblich gewesen; denn seine Hände und Taschen waren leer. Weit geöffneten Auges starrte er hinüber.

Er musste sie erst abziehen lassen, ehe er nach seiner Höhle hinabstieg. Geduldig legte er sich auf den Bauch und wartete.

Eilig hatten sie es gerade nicht.

Langsam stieg die Sonne höher, schon versandte sie stechende Strahlen auf den Rücken des harrenden Beobachters.

Er hatte grimmigen Hunger; wenn sie nicht bald fertig wurden, so versuchte er es trotzdem noch, vorher hinabzukriechen.

Endlich waren die Wagen beladen. Der untenstehende Knecht warf die Schaufel empor und kletterte den Abhang hinauf.

Noch musste ein großer Pappelbusch entfernt werden, um den Wagen das Umwenden zu ermöglichen. Dann zogen die Pferde straffer an, die Lasten wandten sich, die Achsen knarrten und mit Hüh und Hott ging's den Abhang hinunter, dass der Erdboden schwankte.

Kaum waren sie hinter den nächsten Sträuchern verschwunden, so schoss der Schwarzritter hinüber nach der Ecke zu, hinter deren Wurzelvorhang sich das Loch zu seinem Bau verbarg.

Heruntergefallene Erde verwehrte ihm den Eingang.

Er kniete regungslos; dann sank sein Oberkörper zitternd auf den Erdboden.

Wie im lautlosen Schluchzen bebte er.

Aber er fasste sich bald wieder. Seine Finger krampften sich zu Hacken, seine Nägel gruben sich in den weichen Sandboden, und er scharrte und scharrte.

Vielleicht war nur der Eingang verschüttet!

Und er grub und grub. Die Finger schmerzten ihm, der feine Sand kroch ihm unter die Nägel und verursachte ihm Qual. Aber er scharrte weiter, weiter.

Vielleicht war die Höhle selbst nicht eingestürzt!

Er merkte es nicht, dass seine Fingerspitzen bluteten, den nagenden Hunger hatte er längst vergessen. Da drinnen fand er ja genug, um ihn zu stillen.

Er grub und grub und fand nur Erdboden und Sand und kleine Steine.

Endlich sank er kraftlos zusammen.

Aber der Hunger ließ ihm nicht lange Zeit zum Ruhen.

Er kroch aus der Röhre, die seine Finger gegraben hatten, heraus.

Vor seinem Blick flimmerte es, aber er nahm sich zusammen. Sein Hunger trieb ihn ins Dorf zurück. In langen, hastigen Sprüngen setzte er den Abhang hinauf.

Ihm war es völlig entgangen, dass die beiden Knechte längst wieder an ihrer Arbeit waren.

Sie bemerkten ihn gar nicht. Nur als sie das Rauschen der Büsche vernahmen, sahen sie auf. Als aber alles still blieb, nahmen sie wortlos ihre Arbeit wieder auf.

Bald war der Schwarzritter an einem großen Gehöft des Dorfes angelangt. Er schwang sich über den hinteren Gartenzaun und lief nach dem Torweg, welcher durch die Scheune hindurch zum Hof führte.

Der Hofhund empfing ihn mit wütendem Gebell und zerrte so rasend an seiner Kette, dass die Hütte schwankte. Immer hart an den Gebäuden hinschleichend, kam er bis an die Tür des Kuhstalls. Hier standen ein paar gefüllte Milchkübel.

Lechzend stürzte er sich auf einen derselben und trank und trank.

Er hörte nicht, dass jemand über den Hof schritt. Er merkte erst, dass er nicht allein war, als ihn der Bauer des Gehöftes beim Arm fasste und ihn von seinem Trank zurückriss.

„Du verfluchter Bengel!" Schon fielen die Schläge hageldicht auf seinen Rücken und Nacken.

„Du verfluchter Bengel, ham wer dich endlich! Na wart, eingesperrt wirste, ins Gefängnis kummste!"

Der erboste Mann hielt endlich inne.

Der Kleine rührte sich nicht, er hing wie kraftlos an der harten, schwieligen Hand des Bauern.

„Karle!", schrie dieser über den Hof.

Aus dem gegenüberliegenden Pferdestall lief ein Knecht herbei.

„Hier, halt'n fäste, un luss'n nich lus. Oder nee, sperr'n in die Wagenremise und loof nach 'm Wachmeester nunter, dermit er 'n gleich abfährt ins Gefängnis. Gib dem Diebskerl erscht eene tichtige Tracht Bimse, sunst macht er noch da drinne Tummheeten."

Der Knecht schleppte den Jungen, der sich mit Händen und Füßen sträubte, hinüber auf die andere Seite des Hofes, langte eine Peitsche vom Nagel und drosch auf ihn ein, als hätte er eine Korngarbe vor sich.

Dann schob er ihn durch die Rolltüren des Wagenschuppens, legte das Schloss davor und lief eilends die Straße hinunter, um dem Gendarm anzuzeigen, dass der Schwarzritter sicher hinter Schloss und Riegel sitze.

Nach einer Viertelstunde war er wieder zurück. Mit ihm kam der Wachtmeister.

Als sie die Türen auseinander schoben, fanden sie den Jungen an einer Wagendeichsel erhängt. Ein Pferdehalfter, welches man vergessen hatte nach der Geschirrkammer zu bringen, hatte ihm diese Flucht ermöglicht.

7. Das Goldfässchen

Dort wo sich der niedrige Gebirgsrücken in einem Wirrwarr von flachen Talmulden und sanften Höhen auflöst, lag einsam das kleine Städtchen. Es war allmählich den Hügel hinabgekrochen bis zur Tiefe des kleinen Baches, in dessen Bett nur zu Regenzeiten ein paar Wellchen zu spüren waren. Nur bis dahin hatte seine Kraft gereicht.

Nach einem neuen Haus hätte man sich beide Augen aussehen können; aber doch glänzten die Mauern wie weißer Marmor, doch leuchteten die Dächer wie brennender Zinnober und, wenn man erst vom naheliegenden Hügel aus das Städtchen in der Mittagsglut liegen sah, hielt man es wohl für einen großen zimtfarbigen Teppich, in welchen die geschickte Hand eines Meisters schneeweiße, dreieckige Giebelflecke hineingewebt hatte. Der schlanke, rote Kirchturm passte vortrefflich dazu, und auch der große, grüne Fleck in der Mitte störte nicht; man hielt ihn gewiss für ein grünes, seidenes Tuch, welches dort zum Trocknen lag. Natürlich wäre das auch eine gewaltige Täuschung gewesen. Der grüne, quadratische Fleck in der Mitte war nichts anderes als der Marktplatz, welcher sich breit auf den Abhang des Hügels gelagert hatte. Die Sommersonne warf des Mittags senkrecht ihre Strahlen auf seine grauen, runden Pflastersteine und auf das struppige Gras, das ungehindert aus den Ritzen hervorquoll.

Nur im Winter, wenn die Sonne die Erde auf den weißen Pelz brannte, war der Marktplatz belebt, und zwar von einer Menge kleiner Schlitten und Schlittenfahrer, die im Hui unter

Lachen und Jauchzen den Abhang hinuntersausten, droben von der Kirche bis hinunter zum Bach. Mit einem Schwung durch die ganze Stadt. Das war eine Lust!

Die Städter waren stolz auf ihren Marktplatz. Wenn ihr Städtchen auch nur klein, ganz klein war, sie hatten einen großen, schönen Marktplatz, der in der Mitte breitspurig dasaß und rief: „Achtung, hier bin ich, und was rundherum steht, ist eine wirkliche Stadt!"

Die Dorfleute fuhren dem groben Gesellen lieber aus dem Weg; denn einmal hatte er einem hochmütigen Bauern einen Wagen voll Kartoffeln umgeworfen, dass die rundlichen Bällchen die Straße hinunter bis zum Bach tanzten und hüpften. Seitdem wurde er von den Dörflern gemieden, und vor Ärger darüber wurde er jedes Frühjahr grün.

Wenn sie wenigstens noch Respekt vor ihm gehabt hätten!

Allein wenn sie von ihm und dem Städtchen sprachen, hatten ihre Reden immer einen gewissen Beigeschmack.

Sogar über seine eigenen Bürger musste sich der Marktplatz ärgern. Die meisten wussten gar nicht die Ehre zu schätzen, dass sie Stadtleute waren, und fuhren wie gewöhnliche Bauern aufs Feld und bestellten ihre Äcker. Sogar Scheuern, Kühe und Hühner hatten diese Rückständigen. Besonders die frechen Hühner konnte der Marktplatz nicht ausstehen, die achteten ihn überhaupt nicht und rückten ihm jeden Tag in hellen Haufen auf den Leib, kratzten ihn da, kitzelten ihn dort, dass er in seiner grimmigsten Wut sogar noch lachen musste. Nur mit einigen wenigen Bürgern schien er zufrieden zu sein. Krämer, Handwerker und Gastwirte, Bäcker und Fleischer waren es, und sie hatte er auch in seinen besonderen Schutz genommen und ihnen rundherum an seinen langen Seiten Zuflucht gewährt. Sein größter Stolz aber war ein einfaches Holzschild mit dem schwarzen Adler und der Inschrift: „Kaiserliches Postamt!", welches vornehm von der Wand eines kleinen Häuschens herabblickte.

Seit dem Tag, an welchem man das Schild dort angenagelt hatte, waren schon über zwanzig Jahre hingegangen. Schon damals war das Städtchen ebenso klein gewesen wie heute, schon damals blieben die Käufer an Markttagen aus, genauso wie heute, schon damals waren die Zukunftsträume des großen Marktplatzes nichts als leerer Rauch; denn drüben hinter den kiefernbewachsenen Hügelkuppen, beinahe eine Stunde von dem Städtchen entfernt, keuchten die Eisenbahnzüge vorbei, und die uralte Handelsstraße, welche in derselben Richtung lief und das Städtchen berührte, war nichts mehr als ein grasüberwucherter Feldweg nach den nächsten Dörfern hinüber. Nur ein paar steinalte, halbverdorrte Spitzpappeln zeugten von vergangener Herrlichkeit.

Damals hatte man auch die Chaussee gebaut, welche das Städtchen mit der Bahn verbinden sollte. Ein paar Monate lang wimmelte es auf dem Marktplatz und seinen Gässchen von fremden Arbeitern. Die Gastwirte hatten alle Hände voll zu tun, um die durstigen Kehlen und die hungrigen Mäuler zu befriedigen. Ja, damals war für das Städtchen eine reiche Ernte abgefallen. Jeden Sonnabend brachte die Post aus der Hauptstadt ganze Säcke und Kisten voll Silber und Gold, welche nach dem Feierabend an die Arbeiter und Fuhrherrn und die Lieferanten des Sandes und der Bausteine verteilt wurden. Das geschah allemal im Gasthaus neben dem Postamt.

„Zum letzten Heller" stand mit langen Buchstaben auf dem breiten Holzschild. Darunter gähnte ein schwarzer Torweg, an dessen Längswänden zwei Reihen gewaltiger Fässer lagerten. Die Tür auf der linken Seite führte nach der Wirtsstube, einem schmucklosen, weißgetünchten Raum, an dessen drei Seiten weißgescheuerte Holztische und -Bänke standen. Die Luft zeigte zwei Gerüche, die sich stets in den Haaren lagen: der dumpfe, träge des vergossenen Bieres und der scharfe, frische des Alkohols. Dazu kam noch der stinkende Rauch schlechter Zigarren.

Damals brachte der Hellerwirt manchen harten Taler auf die Seite. Jeden Abend war die Schenke gefüllt, und am Sonnabend kroch ein träger Menschenstrom hinein und heraus. Vergebens sah man sich an einem solchen Abend nach einer Stelle um, an welcher man einen Augenblick hätte verweilen können. Ein ewiges Schieben und Drängen und Drücken vom Hausflur nach dem Tisch, wo die Goldstücke und Silbermünzen sprangen, nach dem holzverkleideten Ausschank, nach den Tischen oder nach dem Marktplatz hinaus störte jeden Stillstand.

Mit der Zeit wurde es dem alten, grauhaarigen Hellerwirt zu viel der Arbeit. Wenn er nur jemanden gewusst hätte, der ihm die Wirtschaft abkaufen wollte.

Und nicht lange darauf, noch ehe die Chaussee fertig gestellt war, noch ehe die Arbeiter abrückten, ging schon die Kunde im Städtchen herum: Der „Heller" ist verpachtet, der Pächter ist schon da, er heißt Rinzmann, ist von drüben, vom Gebirge her, eine große Familie, sieben Kinder, und zwei davon sind schon erwachsen. Und so war es auch. Unter den Arbeitern war ein langer, hagerer, schwarzbärtiger Mann, der hatte den Heller gepachtet, und nach wenigen Tagen ließ er seine Familie von drüben herüberkommen.

Katholisch waren sie! Nun begannen die verwunderten Augen der Städter scheel auf die Neulinge zu schauen. Katholische

Leute hier in einer Gegend, wo alles evangelisch war! Und außerdem waren sie fromm, so öffentlich fromm, dass es den Herzen der gottesfürchtigen Städter ein wahrer Gräuel war.

Der Hellerwirt war froh, sich zur Ruhe setzen zu können. Er übergab seinem Pächter das Gasthaus und siedelte nach der Kreisstadt über, die gute vier Stunden von dem Städtchen entfernt lag.

Der Besuch des Wirtshauses wurde nicht geringer; denn die Arbeiter scherten sich den Teufel darum, ob der Hellerwirt evangelisch oder katholisch war. Und auf gutes Trinken und Essen hielt er fast noch mehr als der alte. Das war allemal die Hauptsache. Sogar das Marienbild, das er in einer Nische des Torweges aufstellen ließ und vor dem stets ein kleines Lämpchen brannte, nahmen sie mit in Kauf. Auch die Städter, die einen guten Tropfen wohl zu schätzen wussten, gewöhnten sich geschwind an den ungewöhnlichen Anblick des Heiligenbildes und an die sonderbaren Leute, die davor immer in die Knie sanken, sobald sie nur daran vorbeikamen.

Und ein paar Wochen später verschwand das Goldfäßchen aus dem Postwagen. Noch am selben Tag verhaftete man den Postillon, der fortwährend seine Unschuld beteuerte, und ein paar Tage darauf ertränkte sich seine Frau mit ihren beiden kleinen Kindern drunten im Koppelteich. Den Mann, den man infolge Mangels an Beweisen freiließ, musste man gleich nach der Irrenanstalt überführen.

Dachte heute einer der Städter an das Unglück von damals, so überlief ihn ein Frösteln, als wenn der Tod mit seiner Knochenhand ihm über den Rücken getastet hätte. Den meisten stand das Bild des Begräbnisses fest vor den Augen. Zuerst der große Sarg mit der Mutter, dann die beiden kleinen mit den Kindern, alle drei quer auf einen Bretterwagen gestellt, schmucklos und schwarz, ohne Geleit und ohne Gesang, so wurden sie abends in der Dämmerung über den Marktplatz nach den drei offenen Gruben an der Kirchhofsmauer gebracht. Bleiche Gesichter drückten sich scheu an die Scheiben, niemand wagte sich aus dem Haus.

Nur als der Wagen beim „letzten Heller" vorbeikam, da löste sich eine lange, hagere Gestalt aus dem Dunkel des Torwegs: der Hellerwirt. Auf der Hausschwelle fiel er auf die Knie, nahm langsam seine Mütze vom Kopf, faltete die Hände und murmelte ein stilles Gebet den drei vorüberhumpelnden Särgen nach. Das hatte man ihm nachher hoch angerechnet. Zwar mochte keiner den frommen Augenaufschlag des Alten leiden, und seine Art, öffentlich auf dem Marktplatz zu beten, erschien den meisten als ein Zeichen von Falschheit und Heuchelei; aber wiederum war es doch viel von ihm, für Andersgläubige zu beten, dazu noch für solche, die sich selbst das Leben genommen hatten. Und schließlich war er ja katholisch, und bei den Leuten ist die öffentliche Frömmigkeit eben Mode.

Der Dieb wurde nicht entdeckt.

Wieder ein paar Jahre darauf, und der neue Hellerwirt war Besitzer des Gasthauses. Nach und nach hatte er die Kaufsumme abgezahlt. Allerlei Gerüchte kamen auf und sanken wieder unter, und in allen den dunklen Reden spielten der neue Hellerwirt und das gestohlene Goldfäßchen die Hauptrollen. Aber es wagte keiner, seinen Verdacht laut zu äußern; denn mit dem langen Hellerwirt war nicht zu spaßen, der war gleich mit den Gerichten bei der Hand.

Als er vor fünf Jahren starb, ließ er seiner Familie ein stolzes Besitztum zurück.

Nach kurzer Zeit folgte ihm seine Frau.

Nun ging's ans Erben. Vier von den Kindern waren wieder nach der alten Heimat hinüber gezogen und hatten sich dort verheiratet. Sie wurden mit Geld abgefunden. Das Gasthaus bekam der Jüngste, der bei ihrem Einzug ins Städtchen noch keine zehn Jahre alt war. Der Älteste, August hieß er, der einzige, welcher aus der Art geschlagen war, musste sich mit einem geringen Teil begnügen, weil er das meiste schon vorweg erhalten hatte. Er blieb in dem Städtchen, verzechte sein Erbteil mit allerlei guten Freunden und Bekannten und war bald dort angelangt, wo ihm sein letzter Pfennig Ade sagte. Trotzdem lebte er lustig weiter, machte Schulden über Schulden und ließ sie von seinen Geschwistern bezahlen. Das ging, solange es eben ging.

Einmal aber kamen sie alle zusammen und hielten großen Rat über den Sünder; sogar die Geschwister aus dem Gebirge reisten dazu eigens herüber. Da redeten sie alle auf den ungeratenen Bruder ein, und das Ende davon war, sie legten Geld zusammen, gaben ihm die Summe und schickten ihn nach Amerika.

Und er ging auch wirklich hinüber.

Die Anstifterin des Planes war die Guste, die älteste der Schwestern. Das war eine Schlaue, die hatte noch mit ihren fünfundvierzig Jahren ein warmes Plätzchen zum Unterkriechen gefunden.

Als die alte Frau Knauer gestorben war, führte sie dem grauen, eigensinnigen Witwer die Wirtschaft. Und als nach einem Jahr der Fünfundsechzigjährige seine Guste heiratete, da schüttelten alle Leute im Städtchen die Köpfe.

Und es endete auch nicht gut.

Kaum waren drei Jahre herum, da trug man den alten Starrkopf hinaus auf den Friedhof. Er hatte geglaubt, für seine letzten Jahre Ruhe zu finden. Nun erst hatte er sie gefunden, aber anders als er gehofft. Und die Witwe lag am offnen Grabe und klagte und schrie vor Schmerz über ihre Einsamkeit.

Wie sie ihn geliebt hat, dachten die Umstehenden. Denn sie wussten nicht, dass sie mit ihren bösen Worten seine Seele vergiftet, dass sie ihm schlaflose Nächte und unruhige Tage bereitet hatte, nur wegen des Testaments. Und erreicht hat sie alles, was sie wollte. Jetzt lag sie schluchzend am Grab, aber ihr Herz war fröhlich.

Nun endlich war auch ihre letzte Sorge, der August, fort, und sie konnte ungestört dreimal in der Woche hinunter nach Schollendorf in die Frühmesse gehen. Wie prächtig war die kleine Kapelle mit bunten Fahnen und Bildern ausgeziert, und welch ein schmucker Mann war der neue Priester, wie Honig flossen ihm die Worte über die Lippen.

Es sollte heut ein heißer Tag werden. Schon am Morgen brannte die Sonne auf den Marktplatz des Städtchens mit glühenden Strahlen und trank gierig die funkelnden Tautropfen, die sich in dem struppigen Gras über Nacht gefangen hatten.

Ein großer, breiter Mann mit schwarzem Bart strebte weiten Schrittes dem Städtchen zu; dicke Staubwolken wirbelten seine Stiefel auf dem Chausseedamm empor, in kollerndem Gewoge verzogen sie sich über den tiefen Graben hinweg auf die Felder hinüber, von einem leichten Morgenhauch getrieben.

Er hatte es eilig vorwärtszukommen. Sein Gang war unsicher. Wie ein täppischer Bär setzte er seine Füße, als wenn er dem Weg oder seinen Beinen nicht recht traute. Seine Kleidung schien er sich zusammengebettet zu haben, kein Stück derselben passte zum andern. Die Taschen waren fast alle leer und hingen bauschig nach außen, nur aus der oberen Rocktasche schaute ein offener Flaschenhals. Auf dem Kopf hockte ihm eine fettige, abgeschabte Mütze, deren schwarzes Lederschild an der rechten Seite vom Mützenrand abgerissen war, und bei jedem Schritt vor seiner Stirn auf und ab tanzte. Ein widerlicher Schnapsgeruch zog im langen Schweif hinter ihm her. Seine wasserblauen Augen stierten geradeaus; nur als sie die Spitze des Turmes über die Hügellinie auftauchen sahen, flackerten sie einen Augenblick empor.

In seiner Faust hielt er einen harten Knotenstock, den er bei jedem Schritt mechanisch in den Staub der Straße bohrte.

Er hatte heute schon zeitig angefangen zu trinken. Die vierzig Stunden Eisenbahnfahrt lagen ihm auch noch in den Knochen.

So wankte er mit starken Tritten dem Städtchen zu.

Ehe er die letzte Steigung des Weges nahm, machte er halt und holte seine liebe Flasche heraus. Er setzte sie an den Mund und sog und sog daran so stark, dass seine Halsadern heraus quollen.

Endlich! Ein winziger Tropfen hatte seine Zunge gereizt, und dieser eine Tropfen genügte, um ihn von neuem vorwärtszutreiben.

Bald saß er ja bei vollen Flaschen, und das Elend hatte ein Ende.

Als er zum Städtchen hereintrottete, wurde er von neugierigen Augen gemustert. So erging es jedem Fremden.

Aber sie erkannten ihn nicht, den August, der vor ein paar Jahren nach Amerika gegangen war, nicht einmal seine Zechgenossen von früher.

Ein Bettler konnte er nicht sein, dazu passte sein ganzes Benehmen nicht. Trotzig hielt er sich in der Mitte der Straße, als hätte er ein Anrecht darauf.

Auf dem Marktplatz angekommen, stand er ein paar Augenblicke, trocknete sich den Schweiß mit dem Rücken der Hand von der Stirn und schaute sich blöde um. Am Wirtshausschild des „letzten Hellers" blieben seine Augen hängen, dann querte er den Marktplatz hinunter gerade auf das Haus zu.

Polterndem Schrittes verschwand er in der schwarzen Türöffnung.

Da saß er denn in der leeren Schenkstube an seinem alten Platz beim vordersten Fenster. Hier hatte sich nichts verändert, nur ein paar Heiligenbilder waren dazu gekommen.

Er schlug mit seinem Knotenstock auf den schweren Tisch, dass es dröhnte. Dumpf rollte das Getöse durchs Haus.

Gleich darauf antworteten tappende Schritte. Ein kleiner Mann trat in die Stube und streifte mit einem schiefen Blick den unhöflichen Gast. Dann trat er in das Holzgitter des Ausschanks. Unsichere Augen standen in dem kleinen, hirnlosen Kopf. Auf den schmalen, bartlosen Lippen schwebte ein dummes, verschmitztes Lächeln. Sein braungelbes Haupthaar ließ in der Scheitelgegend die blasse Kopfhaut durchleuchten.

„N Kurn?", fragte er.

„Was? He! Mei Briederle! Bring ran, waste hast! Enklich is se ja meine, de Schenke. Aber ich mag se nich; weeßte. Se is doch bluß gestohlen. Na, Schwamm drieber, besser is, wer räden vo was anderm. – Hast 'n guten Schnaps? Ich bin durschtig. – Guck nich su, ich bins wirklich, der August. Ich bins leibhaftig, aus Amerika kumm ich. Ja mei Briederle! – Nu wirscht es wull glooben. Was is dir denn? – Schmeiß nich de Flasche weg! Du zappelst ja mi 'm ganzen Leibe. Was leefste denn naus? – Bleib ook hinne, mei Briederle! Ich tu dir nischte."

Mit Klatschen und Knirschen war die Flasche auf dem Fußboden zersprungen. Wie von Hunden gehetzt, lief der kleine Mann hinaus.

Der andere blieb allein. Wieder dröhnte der Schlag des dicken Knüttels durch das Haus.

Eine barfüßige Dienstmagd kam herbeigelaufen.

„Is der Herr nich da?"

„Ausgerissen is er!"

„Warum nich gar?"

„Stupp dein Maul, un bringe Schnaps, sunste mach ich dir Beene!" Er schwang seinen Knotenstock.

Die Magd brachte ein kleines, dickwandiges Gläschen und stellte es vor ihm auf den Tisch. Mit lechzenden Händen griff er danach und stürzte es hinunter.

„Pfui Deiwel, das is ja Wasser!" Mit einem Wutseufzer warf er das Glas an die gegenüberliegende Wand, dass es klirrend zersprang.

„Bring ne Flasche Spiritus här, un Wasser! Ich wär mir ‘n Schnaps alleene zurechtmachen."

„Erscht Geld!"

„Was? Du lausiges Froovulk, du! Geld willste haben? Du weeßt wull nich, dass ich der August bin. Wenn ihr nicht pariert, su marschiert ihr alle." Er brach plötzlich ab. „Was stiehste noch und gaffst mich an? Gleich bringst es här, sunste lähr ich dir Mores!"

Nun erst brachte sie das Verlangte. Scheu drückte sie sich darauf in den Hausflur hinaus.

Der am Tisch machte sich an das Mischgeschäft. Als er gerade den ersten Schluck prüfend über die Zunge gleiten ließ, erklangen draußen Schritte. Bald darauf kamen zwei herein: der Joseph, der kleine Wirt, der sich sofort hinter seine Flaschen flüchtete, und die Guste, die er gegen den Eindringling zu Hilfe gerufen hatte. Sie stellte sich in die Mitte der Stube, stemmte die Arme in die Hüften und ließ ihre sanften Taubenaugen über ihren zurückgekommenen Bruder wandern. Die Sanftheit jedoch war nur der Mantel für ihre Giftigkeit. Sah man schärfer zu, so bemerkte man den Hass, der dahinter saß und der nur auf den Augenblick lauerte, wo er herausbrechen konnte.

Eine quälende Stille lagerte auf dem ganzen Raum; nur eine große Brummfliege stieß immerzu mit ihrem Kopf gegen die Scheiben, dass es summte und schwirrte.

Sie machte eine ganz gute Figur, die Guste: ein paar breite Hüften, eine kräftige Brust. Man munkelte sogar von einem Kind. Allerdings sollte das schon lange her sein. Ein scharf geschnittenes Profil mit einem vorstehenden Kinn und einer spitzen Nase, das ergraute Haar unter einem rotgeblümten Kopftuch verborgen, so stand sie da und schaute hinüber zu dem Heimgekehrten. Ihr Blick, zuerst sanft und sammetweich, wurde steifer, härter, blanker.

Aber sie sprach nicht.

Der am Tisch nahm einen herzhaften Schluck aus der Flasche, wendete sich halb und stierte sie höhnischen Blickes an.

„Na Guste, prost! Du bist de Erschte, das freut mich. Ja uff de Guste, da lußt mer nischt kumm. Die is en Prachtmädel! Nimmt sich een alten Mann vo siebzig Jahren und bringt 'n in zwee Jahre unter de Ärde. Ja, ja, de Guste kann was! Na, willste nich räden!"

„Biste wieder da!"

„Na freilich, mei liebes Gustel!"

„Haste nich versprochen, dass de nich wieder kummst!"

„Ma verspricht viel, wenn ma kee Geld hat."

„Jetzt haste also Geld?"

„Keen ruten Pfennig."

„Nu, un was willste hier?"

„Arbeeten nich, das hab ich drieben ganz un gar verlärnt."

„Vo mir kriegste nischte."

„Na Guste, haste schunt vergessen, dass ich euch alle mits-amt ins – "

„Halt die loses Maul! Nischte weeßte. Mir machste dermitte keene Angst. Und die Sache, die du meenst, is lange verjährt."

„Nee, mei Gustel, su was verjährt nich. Du kannst noch nei-kumm, du un de andern. Ja, ja, mei Advekat, der kennt sich aus mi 'm ganzen Gesätz. Ihr wart alle derbei, bluß ich nich un mei kleenes Briederle. – Kumm här, mei Briederle, wer wulln mal eens trinken! – Was, willste nich? Da lässt es äben bleiben! Wirscht äben su wärn wie de andern. Du wirscht äben su bluten missen, wie de andern. – Macht doch nich su tumme Gesich-ter! Freilich misst ihr bluten. Ich wer euch kriegen und eure Geldsäcke. Alles, was ich haben will, misst ihr mir gäben und noch was drieber."

„Du willst uns wull wieder uff der Tasche liegen?"

„Na freilich, mei Gustel, sugar in euren Geldsack will ich kriechen, un alles gestohlene Geld muss raus, wieder unter de Leute muss', ehnder hab ich keene Ruhe."

Schweigen.

„Meenste ich weeß nich, wie ma su was macht? Verluß dich druff, ich hab's gelärnt, drieben ei der grußen Schule, wu ihr mich hingeschickt habt."

„Das haste gelärnt?"

„Ja, ja, mei Gustel, ich weeß, du bist schlau, du mechst wull gerne mehr vo mir hieren, um mich durthin zu bringen, wu ihr enklich hingehiert. Nee, ich sag nischte, und die derbei waren, die sind iebern Wasser drieben. Guck mal, ich hätt ja sunste nich zu euch rieber kumm können."

„Meenste, wir freun uns, su een Lumpen, su een Stromer wieder zu sähn? Wenn du im Wasser versuffen wärscht, keene Träne hätten wir der nachgeweent, du Fagebund!"

„Schimpf dich ok aus, Gustel! Wenn de schimpfst, da gefällste mir am besten, 's passt besser zu dir. Wenn's ginge, hättste mich schunt vergifft mit deine Oogen. Aber dermitt richst du bei mir nischt aus."

„Wie viel willste denn?"

„Weeßte, Geld mag ich nich, 's leeft mir doch durch die Finger wie Wasser. Aber gut essen und trinken mecht ich wull."

„Willste denn immer hier bleiben?"

„Wuhin sull ich giehn? Ich hab keene Menschen uff der ganzen Ärde, blußig halt euch. Un deswegen wär ich bei euch bleiben, bis mit mir alle is. Lange tauerts ja nich mehr, mich hat der Teufel schunt fäste in a Krallen."

„Saufen tuste natierlich noch mehr als frieher! Aber am Ende biste unser leibhaftiger Bruder, un wer missen fer dich uffkumm. Wenn de aber nich dei Maul hältst, un wieder sulche Geschichten uffbringst wie dazumal, da kriegste mi'm Staatsanwalt zu tun."

„Gustel, kumm mal här! Su, setz dich dahin! Wer wulln itze een Wertel mitsammen räden. Weeßte damals, als ich noch zwanzig war un du achtzehn, su gegen Abend, da war uff eemal aus dem Wagenkastel das Guldfässel raus, 's war weg, als wie weggeblasen. Keen Mensch wusste, wuhin. Un der Schwarzer Karl hatt's nich, ob er itze gleich verrickt is, un seine Frau hatt's ooch nich, wenn sie gleich in's Wasser ging."

„Na, was sull das Gemahre?"

„Wart noch een kleenes bissel, nu kummt's gleich. Denselbigten Abend sullt ich nach Schmarge nieber mit eem Brief. Ich bin gar nich drieben gewäsen, nee, nee! Ich traf gleich hinger der Kirche de Milchfuhre vo Schmarge. Un als ich nu nach Hause kumme, treff ich keen Menschen, hier nich, un drinnen nich, und drieben ooch nich, blußig mei kleenes Briederle, das schlief schunt. Wie ich aber zur Hingerstube kumm, da hier ich was, un wie ich mich bicke runter zum Schlisselluche, da säh ich a Vater un de Mutter un du un die andern alle um a Tisch rum, un uff'm Tische mitten drin lag een Haufen Guld."

„Was erzählste mir denn das? Meenste ich kann dir deine Treeme auslägen?"

„Weeste, erzählen muss ich's; un besser is, ich erzähl dirsch als eem andern."

„Een Troom haste gehabt, August, weiter nischt; un in deim ewigen Dusel haste natierlich gegloobt, 's is wirklich su gewäsen."

„Nee, Guste, su was fällt eem nich im Troome ein. Ihr alle mitsammen eene eenzige Diebsbande, und der Schwarzer Karl, un seine Frau, un die Kinder, – nee, su was treemt ma nich. Wenn ich dran denke, überkummt mich eene Wut, naus uff a Markt mecht ich giehn und schrein, dass jeder hiert: Der alte Rinzmann – "

„Halt blußig dei Maul!"

„Siehst Gustel, Angst haste! Das wullt ich dir blußig zeigen."

„Was sulln de Leite denn denken, wenn sie dei Geschreie hieren; 's is kaum erscht een bissel stille gewurn."

„Sie wär'n halt denken, 's is su gewäsen."

„Un dabei sein das deine verfluchten Liegen!"

„Räg dich nich uff, Gustel, du warscht schunt ganz vernimftig. Du weeßt itze, was ich weeß, un wer kenn uns beede. – Na wie is?"

„Meinswägen kannste hier bleiben."

„Gut! – Na, mei Briederle, haste gehiert? Bring was här! Ich hab Hunger gekriegt vo dem Räden."

Der Kleine lief eilends hinaus und brachte, was er gerade bei der Hand hatte: ein dickes Brot, Butter und Speck. Der andere machte sich ohne weiteres darüber her. Die beiden schauten wortlos zu.

„Hat mer gut geschmeckt! Fill mir eemal die Flasche mit Spiritus, blußig een bissel Wasser druff!"

Er kostete.

„Derbeine wull'n wer bleiben, du weeßt itze mein Geschmack. Nu gieh ich ei de Stadt, zu meine Freunde. Heut Abend wull mer eene kleene Fäte machen. Läge een paar Achtel uffs Eis, Briederle! – Adjee!"

Die beiden Zurückbleibenden schauten sich wortlos an.

Dann sprach sie: „Gieb ihm ok, was er will, un noch was drieber, immer scharfe Sachen. Bei lebendigem Leibe muss er verbrennen."

Der andere nickte verständnisinnig.

Für den August aber begannen gute Tage.

8. Stromab

Auf dem weiten Uferplatz neben dem großen, ziegelroten Dampfschornstein, der aus grünen, elastischen Eichenkronen hervorschaute, lagen dicke, schwärzliche Eichenstämme und schlanke, rötliche Kiefernbäume. Sie waren den Winter über auf gefrorenen Wegen herangerollt worden und warteten nur darauf, hinuntergeflößt zu werden.

Und kaum war der erste Schnee hinweg, und mit ihm die erste Flut vorüber, kaum krochen die ersten Grasspitzen zwischen den vorjährigen Hackspänen hindurch, da zogen auch schon die Flößer herbei, und in kurzer Zeit war der menschenleere Platz bevölkert und Sägen kreischten, und Beile und Äxte dröhnten und krachten.

Die Eichenstämme wurden zu mächtigen, vierkantigen Balken gestutzt und in den Fluss hinabgerollt. Hier hätten sich ihre offenen Poren geschwind voll Wasser gesogen, und die unförmigen Klötze wären zu Grunde gesunken, wenn sie nicht sofort mit den leichten, schlanken Kieferbäumen zu Flößen zusammengeschlagen worden wären.

Jedes Floß, ungefähr von der Größe einer Dachfläche, hatte hinten ein langes Steuerruder und in der Mitte zwei mächtige Ankerstangen. Es waren dies dünnere, unten zugespitzte Kiefernstämme, welche durch ein enges Loch des Floßes hinabgelassen wurden und sich im sandigen Grund des Flusses festbissen.

Laut erschallte das Schlagen der Hämmer auf die Köpfe der riesigen Eisennägel, mit welchen die Stämme zusammengeschweißt wurden, über den stillen Fluss. Immer weiter und weiter kroch das Holzgefecht in den Strom hinein, am Ufer entlang. Floß reihte sich an Floß, und immer noch wollten die riesigen Holzhaufen auf dem Platz kein Ende nehmen.

Für das Dorf, welches hinter der Schneidemühle lag, war eine lustige Zeit gekommen. Die Flößer waren ein heiteres, freudiges Völkchen, ein anderer Menschenschlag, von drüben hinter den großen Wäldern, schwarzhaarig, von raschem, polnischem Blut.

Zuerst wurden sie von den Dörflern mit schiefen Blicken gemessen und über ihr gebrochenes Deutsch wurde höhnisch gelacht. Man sah sie nur über die Achseln an und nahm sie nur für halbe Menschen.

Aber das dauerte nicht allzu lange.

Brach der Abend an, so legten die Flößer Beil und Bohrer, Axt und Säge beiseite und setzten sich rund um das flackernde Feuer, in welchem in verräucherten kleinen Eisentöpfen das Abendessen gar wurde. Bald darauf ging die Flasche von Hand zu Hand. Lachen und Singen wurde laut und endlich erklangen Töne, – Töne, die auch für die Dorfleute verständlich waren.

„Die Pollacken machen Musike!"

„Diesmal haben sie sogar een Dudelsack mitte!"

Die liebe Jugend war natürlich zuerst auf den Beinen nach diesem Ohrenschmaus. Dann standen die Buben und Mädel im großen Kreis um die fremden Männer herum, horchten auf die unverständlichen Reden und auf die süße, einschläfernde Musik des Dudelsacks. Und wenn sie nachher nach Hause kamen, konnten sie nicht genug erzählen von all dem Wunderbaren dort drüben am Fluss.

Am nächsten Abend waren schon ein paar größere Mädchen drunten. Noch ein paar Tage hin, und ein paar alte Graubärte standen dabei und sahen zu.

Mit einem Mal aber sollte das Eis brechen.

Da lockte plötzlich die Brummflöte zu einem lockeren Tanz; dazwischen das Gemurmel des Dudelsacks, als sei er entrüstet darüber, dass er auf seine alten Tage solch loses Zeug treiben durfte.

Ein schlanker, schmiegsamer Bursche kam auf eins der Mädchen zu, welches weit im Vordergrund stand, und forderte sie zum Tanz auf.

Sie ließ sich nicht lange bitten und flog bald im Arme des schwarzhaarigen Tänzers um den ragenden Eichenbaum herum.

Die Floßleute grinsten vor Behagen.

Die Dörfler aber waren vor Erstaunen sprachlos.

Lässt sich das Mädchen mit dem Polen ein!

Aber natürlich, die wilde Emma war ja immer eine lose Fliege, bald mit dem, bald mit jenem, und jetzt gar mit dem da. Die Alten brummten es in den Bart hinein und humpelten eilig ins Dorf zurück, um die neueste Mär berichten zu können.

Das war für die Jugend das Signal zum Tanzen. Lauter kreischte die Brummflöte, das Stöhnen des Dudelsacks wurde zum brüllenden Schreien und um den schlanken Baum herum wogte es von blonden Zöpfen und schwarzen Köpfen; dazwischen die Kinder, die von den wirbelnden Paaren unter Lachen und Schelten hierhin und dorthin gedrängt wurden. Als die Alten in Begleitung der Mütter und Väter zornwütend wieder herbeikamen, erkannten sie, dass hier nichts mehr zu machen, und dass die Verbrüderung der Schwarzen mit den Blonden auf dem Punkt angelangt sei, wo ein Auseinanderreißen hüben und drüben tiefe Wunden schaffen würde.

Und so stellten sie sich als Wächter auf. Schließlich kann man's den Mädeln nicht verdenken, wenn sie so billig zum Tanzen kommen. Und außerdem dauerte die Geschichte höchstens noch ein paar Tage, da mochten sie immerhin ihr Vergnügen haben.

Tanzen und Blasen macht durstig: ein paar hurtige Jungen wurden nach dem Wirtshaus geschickt, um die leeren Flaschen füllen zu lassen. Die Sterne funkelten schon lange auf den schwarzen, murmelnden Strom und auf das stille Dorf herunter, da endlich war der letzte Ton geblasen, der letzte Tropfen getrunken und der letzte Wonneseufzer in die kühle Frühlingsluft gehaucht.

Zum Händeschütteln und Mützenschwenken kam es am ersten Tag noch nicht. Stumm schied man voneinander. Die Dorfleute zogen hinüber in ihre Gehöfte, die Flößer krochen unter ihre Strohhütten, die hier und da an geschützten Stellen des Holzplatzes standen. Sie hatten sich diese leichten Dächer aus dicken Zweigen und Stroh selbst geflochten, und schafften dieselben, noch vor der Abfahrt auf die Flöße hinauf, um auch für ihre Reise ein Obdach zu haben.

Ermüdet vom Trinken, Tanzen und Musizieren fanden die Flößer bald einen tiefen Schlaf, nur einer von ihnen nicht. Kaum hatte sich die Ruhe der Nacht auf die Hüttenkolonie gelagert, so kroch dieser eine leise und vorsichtig heraus. Es war der Bursche, welcher den Tanz mit der wilden Emma begonnen hatte. In der Hütte lag sein Gefährte, ein schwarzbärtiger Hüne, im tiefsten Rausch.

Von ihm gehört zu werden, brauchte er nicht zu befürchten.

Aber die andern?

Auf weichen Sohlen stahl er sich in die Nacht hinein.

Leise schlich er ins Dorf, scheu drückte er sich beim Wächter vorbei, der auf der anderen Seite der schweigsamen Straße langsam und laut hinabtappte. Ehe er noch daran dachte, hatte ihn schon eine weiche Hand gefasst und in den schwarzen Torweg eines Gehöftes hineingezogen.

In ein paar Tagen wusste es das halbe Dorf, wer jetzt bei der wilden Emma Hahn im Korbe war.

Und als sie gar mit einem roten, seidenen Band um den Hals auf dem Tanzplatz erschien, da gab es fast einen Entrüstungssturm. Aber sie kehrte sich nicht daran, sie war es schon lange gewöhnt, dass man ihr allerhand Dinge nachsagte. Sie blieb doch die Schönste im ganzen Dorf.

Nun war es wiederum auch ganz gut, dass sie sich den Polen an den Hals gehängt hatte, da war doch wenigstens das Dorf vor ihr sicher. Manche Bäuerin atmete in dieser Zeit auf, denn die Angst, die leichtsinnige Emma als Schwiegertochter zu bekommen, war nun auf ein paar Wochen von ihr genommen. Die Burschen aus dem Dorf aber, die ihr bis dahin nachgestellt hatten, ballten die Fäuste in den Taschen und setzten sich abends ins Wirtshaus, um ihren Gram zu ertränken, und vertrösteten sich im Übrigen auf kommende Zeiten.

Jeden Abend tönten die schwermütigen Sangesweisen und die lustigen Tänze nach dem Dorf hinüber und lockten Alt und Jung herbei. Dass die wilde Emma und ihr schwarzhaariger

Liebhaber seit langem nicht mehr unter den Tanzenden gesehen wurden, fiel niemandem mehr auf. Die beiden gingen lieber allein den Fluss entlang und verloren sich weit unten zwischen den grünen Uferbüschen.

Die gewaltigen Holzhaufen waren unter den hurtigen Beilen der Flößer endlich geschmolzen, nur meterhohe Wälle scharfer, gelber Eichenspäne und schwarze Kohlenreste bedeckten den Platz.

Die Flöße wurden je zwei und zwei zusammengekoppelt. Man benutzte dazu die festen Zweige einer biegsamen Eiche. Auf jedem dieser Doppelflöße befanden sich eine der kleinen Strohhütten und eine Feuerstätte, welche nichts weiter war als eine dicke Lehmschicht auf einer Holzunterlage.

Am Morgen waren schon einige Flöße stromab gegangen, die Mehrzahl fuhr am Mittag desselben Tages ab und die letzten sollten am nächsten Tage in der Frühe aufbrechen.

Zu diesen letzten gehörte das Doppelfloß der beiden Flößer, von denen der eine der erklärte Liebling der wilden Emma war.

Der letzte Abend war gekommen. Der junge Flößer schlenderte langsam das Ufer entlang.

Wo sie nur war? – Sie würde doch nicht wieder wegbleiben wie vorgestern! Überhaupt war sie in den letzten Tagen ganz anders geworden. Als er ihr gestern sagte, dass er sie heiraten wolle, hatte sie ihm dreist ins Gesicht gelacht. Aber sie wird schon anderen Sinnes werden, bei seiner Rückkehr. Er hatte sich selbst versprochen, sie dann mit nach seiner Heimat hinüberzunehmen, wo ihn gewiss jeder um sein schönes, blondes Weib beneiden würde. Und heute am letzten Tage musste sie ja kommen!

Kühl strich der Wind vom Wasser herüber. Die Sonne war hinabgesunken. Es war, als suchte der irrende Lufthauch die Verlorengegangene.

Und er harrte und harrte. Traumverloren sah er nach den sanften Linien des gegenüberliegenden Ufers. Wenn sie heute nicht käme, müsste er sie aufsuchen.

Er ging nach dem Platz inmitten der grünen Büsche, an dem sie beide schon so oft, vor bösen Lauscheraugen verborgen, Brust an Brust geruht hatten. Wenn sie überhaupt kam, würde sie ihn schon hier suchen.

Und sie kam, aber nicht alleine. Der andere, sein Reisegefährte war bei ihr. Er bemerkte die beiden durch eine Strauchlücke, noch ehe sie in Hörweite waren. Sie hatte sich eng an den breiten Riesen geschmiegt, und dieser hatte den rechten Arm so fest um ihren weichen Leib geschlungen, dass sie mehr schwebte als ging. Sie griff ihm in den schwarzen, krausen Bart und wühlte darin mit ihren weißen Fingern. Lachend hielt er stille. Dann schlang sie die Arme um seinen Nacken und küsste ihn. Dabei presste er sie an seine mächtige Brust, dass sie vor Lust lachend aufkreischte.

Der Kleine hinterm Weidenstrauch lag auf den Knien, stützte den Oberkörper auf seine zitternden Arme und stierte die beiden durch die grünen Blätter an.

Dann griff er bebend nach dem Messer, riss sich mit einem dumpfen Schrei vom Boden empor und wollte nach vorwärts. Da aber sank er plötzlich zusammen, seine Hände griffen in die Luft, seinen verkrampften Fingern entfiel das Messer, und er ruhte lautlos am Boden.

Die beiden anderen gingen weiter unter Küssen, Scherzen und Lachen.

Am nächsten Morgen, noch ehe die Sonne emporstieg, regte es sich auf den Flößen.

Die Taue wurden gelöst, die Ankerstangen emporgezogen, die Töpfe auf die lustig flackernden Feuer gestellt, und dann stieß man in den Strom hinein.

Wie silberne Nebelstreifen zogen die weißen, trockenen Rauchsäulen der Holzfeuer über die stille, flutende Oberfläche des Flusses.

Jene beiden Flößer waren die letzten, welche das bergende Ufer verließen.

Bleich und verstört war der Jüngere kurz vor der Abfahrt eingetroffen. Seine Hände bewegten sich krampfhaft, und seine Knie wankten vor Anstrengung. Die ganze Nacht war er durch die Felder und Gehöfte geirrt, von Eifersucht gepeitscht und von Rachgier gestachelt.

Am liebsten wäre er dem andern, der sich eben daran machte, das Feuer zu entzünden, an den Hals gesprungen, um ihn zu erdrosseln. Aber die Furcht vor dem gewaltigen Körper, vor den eisernen Fäusten hielt ihn zurück.

Der andere sprach kein Wort, sondern lachte ihn nur höhnisch an. Dann stand er auf, zog ein rotes Band aus der Tasche und band es um seinen breitkrempigen schwarzen Filz.

Der Kleine verfolgte diese Bewegungen mit knirschenden Zähnen.

Aber er wollte warten bis heute Nacht; seines Messerstoßes war er sicher, und das Wasser war tief und schwarz und schweigsam.

Längst hatte der geduldige Fluss das lange Floß auf seinen schillernden Rücken genommen und trug es stetig, aber sicher stromab. Die Morgensonne tanzte auf den flirrenden Wellen, die der Wind kräuselte, einen sprühenden Funkentanz. Hier und da schlug ein großer Fisch mit klatschendem Schwanz die Oberfläche.

Die beiden Flöße waren mit den Köpfen aneinander gekoppelt, nach vorn und nach hinten zu starrte je ein wuchtiger Steuerbaum über die Wasserfläche. Die mehrere Meter langen Ankerstangen waren in die Höhe gezogen und lagen schief nach hinten. Auf dem Vorderfloß befand sich die Strohhütte, ein paar Schritte davon die Feuerstelle.

Langsam glitten Bäume und Häuser, Dörfer und Wälder vorüber. Bei jeder Biegung wurden ein paar kraftvolle Schläge mit den beiden Rudern getan, gehorsam folgte dann das Floß der neuen Richtung.

Ein Schleppdampfer mit einem langen Zug leerer Kähne kam ihnen entgegen. Die aufgeschreckten Wasser schlugen plätschernd über den Stämmen zusammen.

Bei der nächsten Stadt spannte sich eine alte Holzbrücke über den Fluss.

Überall zeigte sich die Geschicklichkeit und die gewaltige Kraft des riesigen Flößers. Und wenn sich auch der Kleinere seinen Befehlen ruhig fügte, der Hass, der in seinen dunklen Augen lauerte, wurde dadurch nicht geringer.

Es war Abend geworden.

Eine tiefschwarze Wolkenwand hatte die blutrote Abendsonne verschlungen. Die vier Ankerstangen sanken zu Grunde und legten das Floß mitten im Strom fest.

Drüben rauschte dumpf das Wehr, welches den Strom für zwei große Mühlen, die am linken Ufer lagen, emporstaute. Am rechten Ufer befand sich das schwarze Schleusentor, durch welches die Flößer erst am nächsten Morgen hindurchfahren konnten. Die Flöße, welche vor ihnen abgegangen waren, schwammen schon längst im Unterwasser.

Hier waren die beiden allein. Der Große prüfte noch einmal die Ankerstangen, hing an das Ende jedes Ruderbaumes eine brennende Laterne und kroch in die Strohhütte, um zu schlafen.

Der Kleine saß am Rande des Floßes und starrte in die schwarzen Fluten.

Er hatte heute Nachtwache.

Die Strömung war gering, es war, als sammle hier das Wasser seine gesamte Kraft, um sodann mit vernichtender Wut über das hohe Wehr zu stürzen, dessen Brausen drangvoll durch die tiefe Nacht brach. Glucksend und sprudelnd zerschellten die Wellen an den harten Köpfen der Stämme.

Da unten, da unten würde er Ruhe haben!

Leise erhob er sich.

Dort drüben lag er und schlief!

Hell leuchtete das Stroh der Hütte herüber. Müde blinzelten die Laternen auf den schläfrigen Strom nieder, zwei irrende Lichtstreifen zuckten über den Wassern dahin.

Er horchte hinüber. Der andere schlief fest und schwer. Röchelnde Schnarchlaute quollen aus der Hütte hervor. Tastend schlich der Kleine herbei, das Messer hielt er gefasst.

Dann stand er eine Weile.

Ein anderer Gedanke gab ihm neue Kraft. Er schritt vorsichtig nach einer der Ankerstangen, legte seinen Leib dicht daran, schlang seine Arme um den Baumstamm und zog und zog. Endlich gab es nach.

Zitternd bebten die Bäume des Floßes, als sich der Stamm aus dem Grunde löste. Ebenso leise und unmerklich hob er den andern nach oben.

Dann lauschte er wieder hinüber nach dem Schläfer. Der aber rührte sich nicht.

Auf den Zehen stieg er lautlos nach seinem Floß zurück, kniete nieder und zerschnitt mit seinem Messer die gedrehten Eichenäste, welche die Holzflächen zusammenkoppelten.

Wie ein schwarzer Mund tat sich der Ritz zwischen den beiden Flößen auseinander, zuerst langsam, dann immer schneller.

Zitternd schwankte die Laterne am vorderen Steuerruder, sie zeigte dem schwimmenden Floß den Weg in den Tod hinunter.

Der Zurückgebliebene hockte stieren Auges am Rande und verfolgte das schwankende Licht, welches sich immer schneller und schneller entfernte.

Plötzlich blieb es stehen, aber nur für ein paar Sekunden, dann fuhr es hinab und erlosch.

Das Brausen des Wehres schwoll einen Augenblick empor. Dann wurde es von einem wilden Krachen übertönt, ein wilder grausiger Todesschrei schwirrte darüber hin, und bald darauf war alles vorbei.

Nur das Wehr rauschte wie vorher, und von den Lippen des Mörders kam ein irrendes, heiseres Lachen.

Ende

122

Nachwort

1901 machte der Schriftsteller Ewald Gerhard Hartmann Seeliger, der sich später selbst zum Ewger Seeliger stilisierte, eine längere Reise in seine Heimat Schlesien und brachte von dort die schlesischen Geschichten „Leute vom Lande" mit nach Hause, die Weihnachten desselben Jahres herausgegeben wurden.

Ewger Seeliger, erfolgreicher Schriftsteller, Ketzer, Provokateur und Spaßvogel mit anarchistischen Ideen wurde am 11. Oktober 1877 in Schlesien zu Rathau Kreis Brieg als erster Sohn und zweites Kind des dort amtierenden Hauptlehrers und Bienenzüchters Gustav Seeliger geboren. Seine Mutter war eine geborene Paulina Schmidt. Sein Großvater Carl Wilhelm Seeliger ernährte seine Familie als Windmühlenbauer und Stellmachermeister in Stroppen Kreis Trebnitz. Seine Großmutter war stolz darauf, eine geborene Johanna Eleonore Woiwode zu sein.

Getauft wurde Seeliger auf den Namen Ewald Gerhard Hartmann am 28. Oktober 1877 in Rathau Kreis Brieg, bestätigt das Evangelische Pfarramt.

Sein Vater brachte ihm selbst das ABC bei und von frühester Jugend an die Liebe zu Goethe nahe. Das Einmaleins und die anderen „niederen Wissenschaften" versuchte man ihm in der Bürgerschule und der Präparandenanstalt der nahe gelegenen Kreisstadt Brieg einzuprägen. Dies bestätigt sein Schul-Entlassungs-Zeugnis der Evangelischen 7-klassigen Bürger-Schule zu Brieg vom 26. September 1891.

Von 1894 bis 1897 besuchte Seeliger seinem protestantischen Elternhaus entsprechend das Königliche Evangelische Schullehrer-Seminar zu Steinau an der Oder. Die guten Gründe seiner Mutter „festes Gehalt, unkündbare Stellung, im Alter versorgt und – die schönen Ferien!" machten ihm diesen Weg schmackhaft.

Die Königliche Ober-Ersatzkommission im Bezirk der 22ten Infanteriebrigade bestätigt am 3. Juli 1897, dass der Seminarist Ewald Gerhard Hartmann Seeliger dem Landsturm ersten Aufgebotes zum Dienst mit der Waffe überwiesen wird. Aus dem Losungschein ist zu ersehen, dass Seeliger im Jahre 1897 bei der Losung im Aushebungsbezirk Steinau die Nummer „neunundvierzig" erhielt. Im selben Jahr erschien er in Steinau zur Musterung als Nummer 632 der alphabetischen Liste. Gedient hat er allerdings nicht, man attestierte ihm Kurzsichtigkeit.

Am 15. September 1897 erhielt Ewald Gerhard Seeliger sein Entlassungszeugnis durch die Königliche Prüfungs-Kommission des Königlichen Evangelischen Schullehrer-Seminars zu Steinau an der Oder. Seine Führung wurde als gut, sein Fleiß als befriedigend bewertet. Im Unterrichten zeigten sich seine Leistungen nur als genügend.

Nach bestandenem Lehrerexamen fand es die hohe Breslauer Regierung für gut, Seeliger in den ersten Jahren seines äußerlich sehr bewegten Berufslebens in kurzen Zwischenräumen in verschiedene schlesische Dörfer als Lehrerstellvertreter zu schicken. Dazu gehörten die mittelschlesischen Dörfer Nechlau, Cammerau, Karoschke und Strebitzko.

In Strebitzko blieb er endlich hängen, einem Dorfe hinter dem sechsten Walde, wie Seeliger in seiner Biografie 1906 schrieb. Mit sechsundsechzig Mark und sechsundsechzig Pfennigen monatlichem Gehalt und freier Wohnung bei Tag und Nacht verband sich die wunderbare Annehmlichkeit, sich selbst beköstigen zu müssen. Als er in dieses Eldorado einzog, trug man gerade seinen Vorgänger zu Grabe. Er hatte sich ums Leben gebracht, weil ihm hier der Humor ausgegangen war. Nach einem dreiviertel Jahr war Seeliger beinahe auch so weit. Da aber riss ihn ein glücklicher Zufall aus dieser unerträglichen Enge heraus. Er wurde als Lehrer an die deutsche Schule in Genua berufen. „Da gingen mir zum ersten Mal die Augen auf", berichtet Seeliger fernab von deutschem Bürokratentum. „Es wirkte dieses Erlebnis so stark und übermächtig auf mein Inneres ein, dass ich Ruhe und Muße suchen musste, das Geschaute zu sammeln und zu verarbeiten". In Hamburg, wohin er im Juli 1900 übersiedelte, fand er sie, die Muße.

Bereits ein Jahr später, 1901, erschien als Frucht dieser Sammlung sein erstes Buch „An der Riviera, Fresken und Arabesken."

Im selben Jahr, am 11. Juli 1901, führte er seine Frau Rosalie Sara, die am 26. April 1873 in Hamburg geborene, älteste Tochter des askenasischen Leviten und Hamburger Fondsmaklers Joseph Berkowitz Kohn heim.

Die Hochzeit fand in Hamburg statt. Trauzeugen waren der Vater Josef und Leo, der Bruder der Braut. Sein Sohn Heinz Wolfram erblickte am 6. Juli 1902 das Licht der Welt.

Seine sonderbaren Erfahrungen auf pädagogischem Gebiet stifteten Seeliger dazu an, ein unpädagogisches Skizzenbüchlein zu verfassen, das unter dem Titel: „Aus der Schule geplaudert" 1902 verlegt wurde.

Am 8. Dezember 1902 schwört Seeliger bei Gott dem Allmächtigen und Allwissenden etwas voreilig, dass er der Freien und Hansestadt Hamburg und dem Senate treu und hold sein, die ihm als Beamten der Oberschulbehörde obliegenden Pflichten nach seinem besten Wissen und Gewissen erfüllen und der ihm zu „ertheilenden Dienstintruction" sowie den Befehlen und Anweisungen seiner Vorgesetzten pünktlich nachkommen wolle.

1902 entstand auch auf einer kleinen Badereise der Plan zu „Über den Waten", einem Nordseeidyll, „das ohne jede literarische und künstlerische Prätention, nur zum Zwecke einer heiteren Unterhaltung entgegengenommen werden sollte". Im selben Jahr erschienen weiterhin das Buch „Der Stürmer, eine Geschichte aus Schlesien" und seine Finkenwerdersche Fischergeschichte „Nordnordwest".

Am 13ten Februar 1903 gelobt und schwört Seeliger zu Gott, dem Allmächtigen, dass er der Freien und Hansestadt Hamburg und dem Senate treu und hold sein, das Beste der Stadt suchen und Schaden von ihr abwenden wolle, soviel er vermöge; dass er die Verfassung und die Gesetze gewissenhaft beobachten, alle Steuern und Abgaben, wie sie jetzt bestehen und künftig zwischen dem Senat und der Bürgerschaft vereinbart werden, redlich und unweigerlich entrichten und dabei, als ein rechtschaffener Mann, niemals seinen Vorteil zum Schaden der Stadt suchen wolle. „So wahr mir Gott helfe!" Damit erwarb er das hamburgische Bürgerrecht, wie Dr. von Bargen, Rat der Hansestadt, es mit seiner Unterschrift beglaubigte.

Unter dem Pseudonym Bruder Mores karikiert Seeliger gesellschaftliche Kuriositäten, u. a.:

- Tarif für körperliche Züchtigungen in der Religionsstunde
- Fort mit der Eisenbahn
- Die keusche Scheidewand

1905 erhielt Seeliger für sein Balladenbuch „Hamburg" vom Senat der Hansestadt eine Goldmedaille, den Großen Ritzebütteler Portugaleser.

1906 gewann Ewger Seeliger beim Preisausschreiben der Scherlschen Woche mit der Ballade „Der Gonger" den ersten Preis von dreitausend Mark. Im selben Jahr legte er sein Lehramt nieder, um sich fürderhin als freier Schriftsteller betätigen zu können.

Im Fragebogen zur Wiederaufnahme in die Reichsschrifttumskammer von 1939 findet sich ein Vermerk, Seeliger habe schon 1908 in Hamburg Wandsbeck eine leichte Geldstrafe wegen Beleidigung durch die Presse erhalten. Er wird sich im Laufe seines Lebens immer wieder mit den Behörden anlegen.

Bis zum Ausbruch des Ersten Weltkriegs wohnte Seeliger in verschiedenen Orten der näheren Umgebung Hamburgs, Wandsbeck, Wedel, Blankenese, und wurde mit Liliencron, Dehmel, Falke, Prinz Schoenaich-Carolath und Otto Ernst gut bekannt bis befreundet. Eine besonders innige Freundschaft verband ihn mit seinem Nachbarn, dem Dichter Richard Dehmel.

1912 entstanden die drei Auftragswerke:

- Peter Voß der Millionendieb
- Max Doberwitz der Tantenmörder
- Das Paradies der Verbrecher

Im Frühjahr 1914 kam Seeligers erstes Theaterstück, das er im Selbstverlag herausbrachte, „Die dumme Doortje" in Wien auf die Bühne und wurde 31 mal aufgeführt. Im Winter 1919 sorgte das Stück in Amsterdam 78 mal für ein ausverkauftes Haus.

1915 wohnte Seeliger in Dockenhuden, am Kirchenweg. Am 23. Juli hatte er sich vormittags um 07:30 Uhr „in Altona Kas. Hof Joft-Regt-3" einzufinden, wurde als nicht ganz kriegsfreiwilliger Flugzeugmatrose bei der Zweiten Seefliegerabteilung in Wilhelmshaven eingestellt und ausgebildet und noch in demselben Jahr unter Versetzung zur 4. Kompanie der II. Werftdivision der kaiserlichen Marine zum Unteroffizier befördert. Als solcher tat er Dienst bei folgenden Seefrontteilen: Seeflugstation Norderney, Minenabteilung Cuxhaven, Seeflugstation List auf Sylt, Marinetransportbüro Wilhelmshaven.

In Amsterdam war „Peter Voß der Millionendieb" ab Herbst 1919 sogar 94 mal auf der Bühne zu sehen. Seeliger wohnte zu dieser Zeit in Blankenese.

Am 3. Februar 1920 übersiedelte Seeliger von Blankenese nach München, wo Adolf Müller, der damalige Besitzer des Druckereigroßbetriebes M. Müller & Sohn, sich mit ihm befreundete. Seeliger kaufte, um seine Papiermarkersparnisse vor dem Zerschmelzen zu bewahren, das Sommerhaus Avalun am Walchensee.

Im Winter 1920 erlebt „Peter Voß der Millionendieb" seine Bühnenpremiere in Hannover. Er wurde immerhin 17 mal aufgeführt. „Feind im Land" konnte sich in Hannover dagegen nur einer einzigen Darbietung erfreuen, und zwar am 11. März 1921.

Die Ufa brachte „Peter Voß" unter dem Titel „Der Mann ohne Namen" 1920 und 1921 als Stummfilm in sechs Teilen heraus. Seeligers bis dahin verfasste Werke waren bereits in einer Millionenauflage erschienen.

Für Furore in Bayern sorgte Seeliger 1922 mit seinem „Handbuch des Schwindels". In den Gerichtsakten zur „Unbrauchbarmachung des Handbuchs des Schwindels" wird berichtet: „Schon Ostern 1922 erregte Seeliger großes Aufsehen dadurch, dass er im Dorf Walchensee, in dem er damals wohnte, große Plakate anschlagen ließ, mit dem Inhalt: Das Lamm wird bald in München erscheinen."

Das Handbuch des Schwindels sowie die Spottschrift „Das Lamm" wird auf Antrag der Staatsanwaltschaft am Landgericht München I vom 15. Juli 1922 beschlagnahmt, es kommt zu einem jahrelangen Prozess zur Unbrauchbarmachung der besagten Schriften. Seeliger schrieb an das Gericht: „Ich bekenne mich als Verfasser des Blattes ‚Das Lamm' und des ‚Handbuch des Schwindels'. Das erstbezeichnete Blatt ist nur in einer Nummer erschienen. Es sollte auf das Erscheinen des Handbuchs hinweisen und zur Vorankündigung des letzteren dienen."

Auf Ersuchen des Landgerichts München I erstattete Dr. Schmidtmann, Anstaltsarzt in der Nervenheilanstalt München-Haar, ein 31-seitiges, ausführliches Gutachten über den Geisteszustand des Schriftstellers, in dem er das besagte Handbuch kurz so beschreibt:

Das „Handbuch des Schwindels" schrieb Seeliger in der Zeit vom Oktober bis Dezember 1921. Er schätzt es selbst sehr hoch ein und hofft, wie erwähnt, dafür den Friedenspreis zu erhalten; denn es enthält das Einigungsprogamm des deutschen Volkes und der ganzen Welt. Alle Welt sucht nach der Wahrheit und die steht im „Handbuch des Schwindels". Den Referenten forderte er des Öfteren auf, es genau zu studieren; seine Bekannten hätten es erst in die Ecke geworfen, aber immer wieder darnach gegriffen, weil ihnen erst nach dem genauen Studium die Sache einleuchtete. Es enthält eine Menge Stichworte in lexikonartiger Anordnung, an die er dann kürzere und längere Bemerkungen und Erläuterungen fügt. Seeliger macht sich in diesem Buche so ziemlich über alle bestehenden Einrichtungen, über alle, die anders als er, für ihn also falsch, denken, vor allem über Staat, Kirche, Gesellschaft u. s. w. lustig und verkündet seine Ideen der freien Menschheit, wobei die eigene Persönlichkeit außerordentlich in den Vordergrund tritt, z. B. unter den Stichworten: Ich, Lamm, Seeliger.

Seinen Bericht schließt Dr. Schmidtmann am 2. März 1923 mit den Worten ab:

Ich fasse mein Gutachten zusammen wie folgt: Seeliger befand sich zur Zeit der Begehung der ihm zur Last gelegten Straftat (und befindet sich jetzt noch) in einem Zustande leichter manischer Erregung (Hypomanie), durch welchen seine freie Willensbestimmung ausgeschlossen war.

Seeliger meint in seiner Stellungnahme hierzu:

Körperlich bin ich gesund, geistig bin ich im staatlichen Sinne verrückt. Wenn ich unter dem Stichwort Seeliger im Handbuch des Schwindels mich einen „richtig verrückten Dichter" nenne, so will ich damit sagen, dass ich mich bewusst vom Falschdenken zum Richtigdenken „verrückt" habe. In meiner Familie sind keine Fälle von Geisteskrankheit vorgekommen.

Der Prozess endet mit folgendem Ergebnis:

Der Inhalt des Handbuchs des Schwindels ist nach Ausführungen unter II. – V. strafbar. Ewald Gerhard Seeliger ist nach dem Beschluss der 1. Strafkammer des Landgerichts München

I vom 28. Juni 1923 für seine Handlung nicht verantwortlich, weil seine Geistestätigkeit krankhaft gestört ist. Er kann nach § 51 des RSTGB nicht verfolgt werden.

Und genau das war Seeligers Ziel. In seiner Autobiographie „Messias Humor" nennt er die Aktion „Handbuch des Schwindels" sein Hominidissimus-Experiment Nummer 1.

1930 bereiste Seeliger Nordamerika und kehrte 1936 über Cham, Cottbus und Berlin wieder nach Hamburg zurück. Im selben Jahr wurde von der Filmproduktionsfirma Emelka „Peter Voß der Millionendieb" neu verfilmt.

Am 9. Mai 1936 wird Seeliger, vermutlich vorrangig wegen seiner jüdischen Ehefrau, aus der Reichsschrifttumskammer, der er von 1933 an angehörte, und der Reichskulturkammer ausgeschlossen. Fortan bezog Seeliger kein Einkommen mehr aus schriftstellerischer Tätigkeit.

Am 7. Februar 1939 stellt Seeliger in Hamburg 23, Wielandstraße 27 III, bei Emmer, als Hamburger Bürger einen Wiederaufnahmeantrag an die Reichsschrifttumskammer Berlin. Als Pseudonym gibt er Marquardt van Vryndt an. Er weist darauf hin, dass in ähnlich gelagerten Fällen Ausnahmeregelungen von dem § 10 der Ersten Verordnung zur Durchführung des Reichskulturkammergesetzes vom 1. November 1933 für die Zugehörigkeit zur Reichsschrifttumskammer erteilt worden seien, und zwar für Schriftsteller, die mit einer vorehelichen Nichtarierin verheiratet waren. Er nennt hierbei Werner Bergengrün und Jochen Klepper. In seinem Antrag muss er bekennen, kein Mitglied einer Partei oder Loge, aber auch nicht der NSDAP zu sein. Seeliger wurde nicht mehr in die Reichsschrifttumskammer aufgenommen. Das bedeutete für ihn sein schriftstellerisches Ende.

Im Februar 1941 verloren die Seeligers bei einem Bombenangriff ihr Heim in Hamburg. 1942 zog Seeliger zusammen mit seiner Ehefrau Rosalie Sara von Hamburg 23, Wielandstraße 27/III, nach Cham zu seinem „Eingeborenen Sohn" Heinz Wolfram.

Am 25. August 1946 erhält Seeliger die neue Deutsche Kennkarte. Er wird darin als 168 cm groß, stark und als Brillenträger beschrieben. Als unveränderliches Kennzeichen ist eine Warze im rechten Augenwinkel vermerkt. Als Beruf gibt er „Verleger" an.

Am 18. Januar 1947 erhält Seeliger, damals wohnhaft in 13a Cham/Opf., Janahof 22 (bei Heller), vom öffentlichen Kläger bei der Spruchkammer Cham/Opf. Lehmann auf einer Postkarte die Auskunft:

„Auf Grund der Angaben in Ihrem Meldebogen sind Sie von dem Gesetz zur Befreiung von Nationalsozialismus und Militarismus vom 5. März 1946 nicht betroffen."

Im selben Jahr wird er Mitglied im Schutzverband Deutscher Schriftsteller.

1955 stellt sich Seeliger lt. Reisepass als Urheber und Verleger vor.

Seine barocken Romane erotischen Inhalts „Vielgeliebte Falsette" und „Junker Schlörks tolle Liebesfahrt" werden 1952 vom Verlag C. S. Dörner & Co, Düsseldorf, erneut herausgegeben und von der Bundesprüfstelle für jugendgefährdende Schriften prompt indiziert. Ein Brief von Kurt Helmut Zube, einem bekannten deutschen Autor und Verleger, an die Bundesprüfstelle vom 1. Dezember 1956 zeugt von diesem Debakel.

Am 3. Januar 1956 bekommt Ewger (Ewald Gerhard) Seeliger, wohnhaft in Cham/Opf., Schuegrafstraße 9, einen Ausweis über die Anerkennung als Verfolgter im Dritten Reich vom Bayerischen Landesentschädigungsamt.

In den Chamer Heimatnachrichten wird zu Seeligers 80. Geburtstag berichtet, dass „Peter Voß" eine Auflage von 750 000 Exemplaren erreichte, eine Neuauflage für das Frühjahr 1958 geplant sei und dass die Berolina-Filmgesellschaft zu diesem Zeitpunkt mit den Dreharbeiten an der vierten Verfilmung dieses Detektivromans beginnt. Als weitere literarische Pläne des vitalen Schriftstellers werden eine dreibändige Umarbeitung seines Werkes über „Erasmus von Rotterdam", das er 1933 im Schweizer Exil konzipiert hatte, und die Bearbeitung von „Bark Fortuna" erwähnt.

1958 kam der Film „Peter Voß der Millionendieb" mit O. W. Fischer in die Kinos. Aufgrund des großen Erfolges wurde 1959 der Film „Peter Voß, der Held des Tages" ebenfalls mit O. W. Fischer gedreht.

Am 16.12.1958 schreibt Seeliger seinem Freund Kurt Zube: „Der PETER-VOSS-Film ist in München vier Wochen lang gelaufen." Er nennt auch das Honorar, das ihm die „Bavaria-Berlin" (er meint hier wohl Berolina-Film) zukommen ließ. Er selbst sah den Film in Cham zum ersten Mal. Die Chamer Zeitung berichtet: „Autor Ewger Seeliger ist bei der Chamer Erstaufführung persönlich anwesend."

Im selben Brief an seinen Freund Zube spricht Seeliger von seinen Plänen: „Ich werde erst im nächsten Jahr dazu kommen, dieses Werk („Knabe Quirinus") auf vier Bände zu bringen. Ist es nicht seltsam, dass die heutige Situation der damaligen, als Kuhlmann in Moskau verbrannt wurde, so unheimlich ähnlich ist? Augenblicklich mache ich die beiden Operntexte fertig, die ich bis Weinachten hinter mir haben werde."

Ewger Seeliger starb am 8. Juni 1959, nach einem tragischen Sturz, im Chamer Krankenhaus in der Ludwigstraße. Er hinterließ rund 50 Bücher, Novellen, Balladen und Romane, deren Auflagen zwei Millionen erreichte. Bekannt ist heute allgemein nur noch „Peter Voß der Millionendieb". Diesen Roman gibt es in verschiedenen Versionen. In der Ausgabe von 1929 verarbeitet Seeliger seine Erfahrungen in der Nervenheilanstalt und im Umgang mit Behörden anlässlich seines „Handbuch des Schwindels". Peter Voss verwandelt sich immer mehr zu einem Ewger Seeliger.

Im Handbuch des Schwindels beschreibt Seeliger sich selbst unter dem Stichwort Seeliger:

Ewald Gerhard (abgekürzt Ewger):
der allergewöhnlichste Mensch, lustigste Kerl, der richtig verrückte Dichter, der allervergnügteste Wahrheitssucher, -zusammenfinder, -aufschreiber, und -sprecher, der vorderlistigste Rathauer, der seine neugierige Nase in jeden Dreck steckende Selbstversorger, der sich um alles kümmernde und darum kummerfreieste aller Vorausdenker, der denkbar aufrichtigste Freund aller Menschen und Unmenschen, der allererste Allerhöchstverräter, der Seelennichthirt, der Seeunräuber, der Zweihänder ohne Widerspruch.

L. Alexander Metz

Quellen:

Dokumente (Briefe, Urkunden, Lebensläufe) von Ewald Gerhard Hartmann Seeliger aus dem Besitz der Erben sowie die Prozessakten zur „Unbrauchbarmachung des Handbuchs des Schwindels" aus dem Bayerischen Staatsarchiv München

Werke von Ewald Gerhard Seeliger

als eBooks oder im Taschenbuchformat erhältlich:

Siebzehn schlesische Schwänke

Geschichten vom alten Schlesien,
die in keinem Geschichtsbuch stehen
ISBN: 978-3-7583-7152-3

Das Paradies der Verbrecher

eine Verbrecherkolonie im Urwald Brasiliens
Abenteuer- und Science-Fiction-Roman

Vielgeliebte Falsette

Liebesabenteuer einer Pfarrerstochter
erotischer Barockroman
ISBN: 978-3-7528-8640-5

Junker Schlörks tolle Liebschaften

Liebesabenteuer eines Ritters
erotischer Barockroman
ISBN: 978-3-7528-8658-0

Morphium für Tante Zöge

Roman eines Justizirrtums

ISBN: 978-3-7583-6680-2

**Schlesische Geschichten
Das sterbende Dorf**

Die Industrialisierung ergreift das schlesische Dorf Gramkau

Roman ISBN: 978-3-7583-2816-9

Peter Voß der Millionendieb

Kriminal- und Abenteuerroman

Weltbestseller

ISBN: 978-3-7347-9867-2

Das Winkelbergsche Herz

Heimat- und Liebesroman

ISBN: 978-3-7448-8360-3

Das Geheimnis des Roterodamus
Historischer Roman
ISBN: 978-3-7543-3750-9

Peter Voß der Millionendieb
Kriminalhörspiel
ISBN: 978-3-8981-3819-2

Warum Görlitz brennen musste
Zwischen Polen und Böheimb
ISBN: 978-3-8482-0695-7

Peter Voß der Millionendieb
Kriminalkomödie mit O. W. Fischer
Film Version von 1958